rowohlt

Martin Walser

# DIE INSZENIERUNG

Roman

Rowohlt

1. Auflage August 2013

Der Abdruck des Zitats aus «Die Möwe» von Anton Tschechow, übersetzt von Ilma Rakusa, auf den Seiten 106–108 erfolgt mit freundlicher Genehmigung des Bibliographischen Instituts GmbH, Artemis & Winkler, Berlin.

Satz aus der Stempel Garamond PostScript
Gesamtherstellung CPI – Clausen & Bosse, Leck
Printed in Germany
ISBN 978 3 498 07384 8

# DIE INSZENIERUNG

# I

Niemand wird bestreiten, dass es in Deutschland zur Zeit einen Regisseur namens Augustus Baum gibt. Er hat oft genug von sich reden gemacht durch die Inszenierung von Theaterstücken in Städten, von denen man häufiger wegen Theateraufführungen als aus anderen Gründen spricht. Augustus Baum war oft der Regisseur solcher über die Stadt hinaus bekannt werdenden Inszenierungen. Auch wenn man mit seinen Einfällen nicht einverstanden war, darüber schreiben musste man. Er selber war mit sich auch nicht immer einverstanden. Wenn er wieder einmal war, wie er selber nicht wollte, musste er das in einer Inszenierung ausarbeiten. In einem der zahllosen Interviews sagt er einmal: Meine Inszenierungen sind ein Selbstgespräch. Und das öffentlich! Das sei, sagt er, das Paradox, aber auch das Peinliche, von dem das Theater lebe, dass es öffentlich mache, was ganz im Inneren stattfindet.

Er war sich auch nie zu gut, in Fragen des Zeitgeschehens mitzureden. Als Theatermann.

Kein Theatermann ist schon bei Lebzeiten aufgenommen in einen Himmel unverderbbarer Anerkennung.

Aber dass Augustus Baum heute zum Abenteuer Kunst gehört, darf der sagen, der hier für ihn steht, nämlich ich.

(Frei nach Tschechow.)

## 2

Du glaubst doch nicht, dass ich dieses Zimmer mit offenen Haaren verlassen kann.

Ich habe dich wieder nicht fotografiert. Mit hochgesteckten Haaren fotografier ich dich nicht.

Er schaut zu, wie sie sich anzieht. Sie setzt sich noch einmal auf den Bettrand. Ihre Hände finden zusammen.

Ach, Marie.

Ute!

Sie korrigiert ihn so, dass er verstehen soll, so korrigiere sie ihn nicht zum ersten Mal.

Schon bei der leisesten Berührung weiß ich nicht mehr, wie du heißt.

Aber wie du heißt, weißt du noch! Und dass du der Regisseur bist, vergisst du nie. Augustus Baum, der mit Prominenz gepanzerte Regisseur! Und die Krankenhausmaus! Die hat Ärztin werden wollen. Dann hat es nicht gereicht. Trotzdem. Nachtschwester bleib ich nicht!

Wenn du Ärztin wärst, hätten wir uns nicht gefunden. Nachtschwester, das hat's gebracht. Und auch das nur mit Hilfe einer Niederlage.

Es war ein Zweikampf, kein Duell. Hast du gesagt.

Ja, keine Regeln, kein Ritual, einfach: Wer ist der Stärkere. Und das war er, der andere. Und ich der Schwächere, der Verlierer. Der mit Prominenz Gepanzerte!

Verstanden habe ich das nicht. Da du doch der Regisseur bist und der andere der Schauspieler, hast doch du das Sagen gehabt, du, der Regisseur.

Ach, Ute-Marie! Regisseur! Ein Regisseur, der die Möwe inszeniert, muss merken, dass ein Regisseur auch nur eine Rolle ist. Auch wenn er diese Rolle schon öfter gespielt hat, vielleicht sogar mit Erfolg. Genauso die Schauspieler. Das ist auch eine Rolle, Schauspieler sein. Und weil alle vor allem unsicher sind, treten alle auf, gepanzert mit irgend einer Prominenz. Max Stallhofer weiß, wie prominent er ist, und er spielt im Stück den Trigorin, den Schriftsteller, der weiß, wie berühmt er ist. Aber im Unterschied zu Max Stallhofer beschreibt Trigorin im langen Monolog, wie wenig ihm das hilft, berühmt zu sein. Und hört dann so auf: Eigentlich bin ich doch nur ein Landschaftsschilderer, alles andere ist verlogen, verlogen bis ins Mark. Verstehst du? Wie sagt ein berühmter Schauspieler diesen Satz? Sagt er ihn wirklich so, dass die Leute verstehen: Eigentlich bin ich nur ein um Beifall bettelnder Schauspieler, alles andere ist verlogen, verlogen bis ins Mark? Vorher hat er als Trigorin gesagt: An seinem Grab wird man sagen: Hier liegt Trigorin. Ein guter Schriftsteller, aber Turgeniew war besser. Wird Max Stallhofer das so sagen, dass man hört: Eigentlich bin ich ganz wacker, aber Kinski war besser? Darum ging der Kampf. Wie spricht der zur Spitzenklasse gehörende

Max Stallhofer den Satz: Eigentlich bin ich so und so, alles andere ist verlogen, verlogen bis ins Mark?

Zu wem sagt er denn das?

Zu Nina, die ihn anschwärmt, die ihn verehrt, die nicht einmal halb so alt ist wie er und die Schauspielerin werden will.

Dann weiß er doch, dass sie ihn gar nicht verstehen kann.

Stallhofer hat die Nina, also die Corinna Demski, hat sie an den Schultern gepackt, hat ihr das Gesicht zu sich heraufgedreht, hat den Ton halbiert, hat ihr ganz leise, ganz intensiv ein Geständnis geliefert. Also ungeheuer pathetisch, pianissimo, gesteht er, gesteht er nur ihr: Verlogen bis ins Mark. Das hieß: Noch ehrlicher geht es nicht.

Und sie?

Hilflos. Sie spielt die Erschütterte. Er so prominent, und dann so ein Geständnis.

Und du?

Ich habe mich nicht beherrscht! Ich habe gesagt: Das ist Stallhofer! Wir spielen Tschechow. Das war furchtbar falsch. Er wurde nervös. Bot dann nur noch Imitate an. Die lehnte ich ab, die muss ich ablehnen. Bis er erledigt ist. Kapituliert. Dann schafft er den Verlogen-Satz glaubhaft. Denk ich. Aber auf einmal wurde es dunkel. Ich merke noch, dass ich zu Boden gehe. Nicht stürze. Ich sinke. Sinke ins Dunkel. Aber in diesem Dunkel blitzt es noch. Mehr als einmal. Ich denke noch: Schade. Und fühl mich leicht, ganz komisch leicht. Und: Anton Pawlowitsch.

Das denk ich auch noch: Anton Pawlowitsch. Dann ist Schluss.

Anton Pawlowitsch? Wer ist denn Anton Pawlowitsch?

O Kind. Es wird Zeit, dich zu entführen. Anton Pawlowitsch. Ich bin mit ihm per Du. Ja, und dann wach ich auf, hier in einer Klinik. Und Max Stallhofer, hat mir Lydia nachher gesagt, habe sich, als ich da lag, über mich gebeugt und habe gesagt: Das tut mir aber leid. Und das sei, sagt Lydia, ganz und gar glaubhaft gewesen.

Also haben wir es Max Stallhofer zu verdanken, dass wir einander gefunden haben.

Beziehungsweise meinem KO. Dass ich umgefallen bin, in die Schwärze versunken bin. Wenn ich diesen Zweikampf nicht so krass verloren hätte, wäre ich nicht in die Klink gekommen, hätte ich dich nicht getroffen.

Hätten WIR uns nicht getroffen. Obwohl, das glaube ich nicht. Ich hätte dich unter allen Umständen entdeckt, getroffen ...

Wie denn?

Du glaubst, wir hätten weiter an einander vorbeigelebt. Das glaubst du doch selber nicht. Ich habe gewartet. Auf dich. Wenn ich dich nicht getroffen hätte, hätte ich ewig gewartet. Das passiert öfter, als man glaubt. Vinze hätte es nie erfahren, dass ich auf dich warte. Wir hätten geheiratet, Kinder gekriegt, wir wären eines der zahllosen glücklichen Paare gewesen. Aber man hält es nur aus mit einander, weil man wartet. Du hast mir gefehlt. Zum Glück hat man nicht den Mut zu gestehen, dass einem jemand fehlt. Dann wirst du eingeliefert. Seit dem weiß ich, was mir gefehlt hat. Und es bricht aus eine Gefühlssicherheit, vor der die ganze Welt kapitulieren muss. Schatz. Wir sind Schicksalszwillinge!

Deine Wörter, Marie …

Ute-Marie!

Und wie recht du hast. In gar allem. Ich mit meinem verdorbenen Kultur-Gehör wehre mich zuerst dagegen, dass du Ute heißt. Weißt du noch?

In der zweiten Nacht wolltest du mich umtaufen. Vanessa, Lea, Sophia, lauter so schmucke Namen aus deiner Kulturboutique!

Und wie du mir die weggefegt hast, die Kulturboutique. Ute, tonlos, farblos, und du hast den Namen intoniert wie ein Trompetensignal.

Wie eine Soprankoloratur. Bitte.

Das gibst du zu, dass ich in dir die Marie geweckt habe.

Mein Vater hat Marie verlangt. Aber meine Mutter hat mich zur Ute erzogen.

Was war dein Vater?

Es gibt ihn noch. Er lebt jeden Tag noch lieber. Und hat jedes Jahr einen anderen Beruf. Aber immer Historiker.

Was macht er zur Zeit?

Consulting. Aber seine Lebensarbeit ist das Buch über die Reichsgründung. Er will beweisen, dass die Reichsgründung ein Fehler war. DER verhängnisvolle Fehler überhaupt. Richtig wäre gewesen ein deutscher Staatenbund nach dem Vorbild Amerikas. Kein Kaiserpomp, sondern VSD, Vereinigte Staaten Deutschlands!

Ein Wintermärchen.

Er glaubt an mich.

Ich auch.

Er hat mich einmal geohrfeigt.

Augustus kann darauf nicht antworten.

Als ich sagte, ich wolle Steuerberaterin werden.

Ich liebe deinen Vater. Dass er dich Marie genannt hat, spricht für ihn. Das war unsere erste Intimität, dass wir erlebten, wie richtig das ist: Ute-Marie.

Seitdem möchte ich nur noch so heißen. Aber du lässt die Ute immer wieder weg! Das geht auch nicht!

Nie, nie mehr. Ich schwör's!

Noch mal!

Was noch mal?

Das ICH SCHWÖR'S war nicht gut. Nicht glaubhaft! Los, probier's noch mal.

Du führst Regie!

Mir liegt daran, dass es glaubhaft ist.

Du bringst mich auf fürchterliche Gedanken. Glaubhaft klingen! Das ist lächerlich. Glaubhaft sein.

Das wär's.

Er küsst sie. Vorsichtig. Es ist eine Erkundung. Die führt zu einem Kuss, der eher eine ausführliche Zärtlichkeit ist als ein Kuss. Dann fällt er aufs Bett zurück. Er buchstabiert jetzt die Wirkung dieses Kusses.

Dieses Gefühl einer ungeheuren Berechtigung. Es durchströmt mich. So deutlich wie noch nie. Ich möchte Blüten erfinden. Gesten, die erst in fünfzig Jahren üblich sein werden. Atemraubend kühne Gesten. Die Schauspieler, denen ich sie anbiete, erleben sie wie eine Levitation. Ich möchte mich bewegen, wie ich mich noch nie bewegt habe.

Er steht wieder auf. Er kann jetzt nicht mehr liegen bleiben. Plötzlich wieder ganz auf sie konzentriert. Er will sie bekannt machen mit einem Sachverhalt. Und es wird dann mehr als ein Sachverhalt.

Was in mir Zärtlichkeit ist und hinaus will zu dir, ist, bis es bei dir ankommt, nichts mehr wert. Es ist eine Temperatur. Eine Spannung. Eine Fülle. Ein nicht bei sich selbst bleiben wollender Zustand. Ein Bedürfnis, das sich erst kennenlernt, wenn es sich mitteilt. Ein Ungenügen. Ein Selbst-nichts-Sein. Und alles durch dich. Aber wie TEIL ich's dir MIT. Dass du eine Ahnung hättest, wie ich dich liebe!

Ich mag es, wenn du so redest. Bald hätte ich gesagt: Singst! Dass Stallhofer gesagt hat, es tue ihm leid, finde ich sympathisch.

Ich auch. Und auch noch glaubhaft. Lydia muss seinen Ausdruck genau wiedergeben. Vielleicht können wir das benützen.

Du musst immer alles benützen.

Stimmt. Da bin ich wie der Schriftsteller Trigorin, der im Stück mit einem Eimer und einer Angelrute rumläuft, aber andauernd hat er auch sein Notizbuch dabei, das er herauszieht, und dann notiert er, was gerade wieder ein anderer oder eine andere gesagt hat. Und gesteht jedesmal: Das könne er brauchen für eine kleine Erzählung.

Ohne dich würde mich das alles nicht interessieren.

Aber in die Oper rennst du ganz von selbst.

Da wird gesungen, Schatz.

Das möchte ich eben erreichen. Dass gesungen wird. Musik ist ganz direkt. Inhaltslos direkt. Das wäre mein Ideal. Verständlich werden nicht durch Inhalt, sondern durch Direktheit.

Am Anfang hat mich das gestört, dass du immer alles aufgeschrieben hast! Bin ich für den ein Versuchskaninchen, habe ich gedacht. Inzwischen freut es mich, wenn du etwas brauchen kannst von mir.

Du bist unerschöpflich.

Mindestens. Und dieses Stück les ich jetzt.

Darauf wart ich seit Tagen beziehungsweise Nächten.

Die Nina, sagst du, glaube dem Trigorin nicht, dass er verlogen sei bis ins Mark. Warum sagt er das nicht einfach dem Publikum. Das ist doch auch noch da! Wenn er es nicht ihr sagt, glaubt sie es vielleicht eher.

Darf ich mir das notieren? Für Lydia!

Immer alles für diese Lydia. Von vier bis sechs jeden Tag hab ich das Gefühl, ich habe Fieber. Jeden Tag von vier bis sechs ist die bei dir. Und die Klinik ist informiert: Von vier bis sechs darf Herr Professor Baum nicht gestört werden. Sie legt sich zu dir, sie zieht sich aus und legt sich zu dir ins Bett! Klar!

Schatz! Lydia ist meine Assistentin. Das weißt du. Zum Glück hat sie diesen himmlischen Ehrgeiz, die Inszenierung am Leben zu erhalten, bis ich wieder zurück bin. Nur durch sie, weil sie jeden Tag kommt und berichtet und mitnimmt, was ich sage zu dem, was sie berichtet, nur dadurch existiert die Inszenierung noch und entwickelt sich sogar. Lydia war einmal meine Freundin vor … ach … das war in Wuppertal und Osnabrück. Da haben wir Romeo und Julia gemacht. Und wurden vorübergehend ein Paar. Ohne sie wäre jetzt meine Inszenierung verkracht. Aus. Amen. Eine Katastrophe. Für mich. Nach den Erfahrungen, die sie jetzt macht, wird sie selber inszenieren. Das spüre ich. Ihr Ehrgeiz ist grell.

Trotzdem. Von vier bis sechs geht es mir schlecht. Unglaublich schlecht. Es kann sein, dass ich einmal hereinstürme und euch überrasche!

Du weißt: Professor Baum darf von vier bis sechs nicht gestört werden! Andererseits kann ich es nicht fassen, dass du glaubst, Lydia lege sich zu mir ins Bett. Solange Lydia da ist, bin ich auf, wir arbeiten, das heißt, ich gehe herum, das Zimmer wird zur Bühne. Lydia liebt mich immer noch. Liebe gibt es eben in Tonarten, die mit einander nicht verwandt sind. Du hast mich in der ersten Nacht kassiert. Und ich war noch so gut wie blind. Du bist eine Kassier-Virtuosin!

Sag mir, wie ich das geschafft habe, vielleicht kann ich's noch brauchen.

Dann muss ich dich leider umbringen.

Sag's trotzdem.

Du hast gesagt: Setzen Sie sich mal aufrecht hin. Jetzt nach vorne beugen. Nicht so weit. Locker bleiben. Nur ein bisschen nach vorne. Dann hast du mich massiert. Den Rücken. Nur an einer Stelle. Unter dem linken Schulterblatt. Als hättest du die Stelle gefunden, auf die es ankommt. Obwohl ich doch noch richtig blind war, habe ich unter deinen Händen auf einmal gespürt, dass ich lebe. Dass ich noch leben will.

Und ich habe gerubbelt. Unterm linken Schulterblatt. Schatz, das mach ich immer.

Wo IMMER?

Bei allen Patienten. Allerdings wirkt es bei Männern mehr als bei Frauen. Ich rubble, wie wenn ich unterm Schulterblatt eine Zahl freirubbeln müsste. Tatsächlich ist das dann auch so. Ich rubble und rubble und spüre, wie etwas entsteht, unter meinen Händen, keine Zahl, aber ebenso deutlich eine Antwort, ein Gefühl, ein Erwachen.

Das machst du bei allen?

Ja.

Machen das alle bei allen?

Das macht außer mir niemand. Das ist meine Rubbelei. Ich hab Professor Overath das mitteilen wollen. Es hat ihn nicht interessiert. Aber die Patienten schon. Ich habe dann einfach einen Kontakt zu den Gerubbelten. Und verboten hat's der Professor nicht.

Schade.

Aber wie es bei uns weiterging, so ist es noch nie, nie, nie weitergegangen.

Trotzdem schade.

Du hast gesagt, dass du wieder angefangen hast zu sehen, das kommt vom Rubbeln.

Trotzdem, trotzdem, trotzdem! Du versprichst, dass du bei keinem mehr rubbelst.

Dann muss ich kündigen! Und dann?

Das wird sich zeigen. Ich weiß, wie das tut, dein Rubbeln.

Tatsächlich führt es bei männlichen Patienten öfter zu Heiratsanträgen. Sie sind verheiratet. Wie du. Schon beim zweiten oder dritten Rubbeln legen sie los. Tun gebildet, sagen aber Sachen, das glaubst du nicht. Alte Männer. Kranke, alte Männer!

Wie ich.

Ich muss dann immer abwiegeln, kämpfen, zumachen. Der Gebrauch, den Gebildete von ihrer Bildung machen, ist oft vernichtend.

Warum hast du das Rubbeln überhaupt angefangen?

Wegen Siegfried. Es ist doch die Stelle, wo er ungeschützt ist. Zuerst im Drachenblut gebadet, das ihn unverletzbar macht. Dann ist da unterm Schulterblatt das Lindenblatt hängen geblieben, kam also kein Drachenblut hin, also war er da verletzbar, der böse Hagen konnte da den Speer hineinstoßen. Diese Stelle ist mir geblieben. Dann hab ich's probiert, und habe erlebt, dass es wirkt und wie es wirkt. Und Wagner in seiner Siegfried-Oper hat das weggelassen. Ich war sehr enttäuscht. Hab mir sogar den Text gekauft. Tatsächlich, da kommt nur vor, dass Siegfried, wenn er einem den Rücken zukehrt, getroffen werden kann, das Lindenblatt hat der Wagner einfach weggelassen!

Da hast du's. Das ist die Oper! Hättest du meine Inszenierung gesehen, Siegfrieds Tod, Hebbel, der finstere Hagen ruft: Ein Lindenblatt muss selbst der Blinde treffen. Er will sich trauen, ruft er, eine Haselnuss auf fünfzig Schritt mit diesem Speer zu öffnen. Und tut's!

Und das weißt du noch nach …

… fast dreißig Jahren! Den Text weiß ich von jedem Stück, das ich machte. Ich bin ein Computer, dem die Löschtaste fehlt. Menschen vergess ich. Texte nie. Und das Lindenblatt, ich bitte dich, das Lindenblatt unter Siegfrieds Schulterblatt! Du hast es ja auch nicht vergessen. Und rubbelst es wach, ach, lass dir's verbieten! Versprich es mir: Kein Lindenblatt mehr! Nirgends! Versprich's, sonst …

Er hört auf.

Sonst?

Bring ich dich um.

Bitte. Aber davor gibst du mir die Bilder zurück. Dass die bei deiner Verurteilung im Gerichtssaal öffentlich werden, wäre mir noch im Grab eine Folter.

Ich kann ohne diese Bilder nicht leben. Auch die, auf denen du Kleider trägst. Ich muss, wenn meine Sehnsucht mich strangulieren will, in die Schublade greifen …

In die Schublade! Bist du wahnsinnig! Du hast versprochen, sie in den Safe zu sperren.

Wenn ich aus dem Zimmer muss zu Untersuchungen. Wenn ich da bin, kommt kein Mensch an die Schublade.

Gerda …

Ich weiß gar nicht, ob ich die Fotos Gerda nicht zuspielen sollte. Sie so hier auf dem Tisch liegen lassen, dass sie das Gefühl hat, sie habe die Bilder selber entdeckt. Gegen meinen Willen. Das würde vieles vereinfachen.

Aber die Kreta-Bilder und die aus Thailand gibst du mir. Jetzt. Sofort.

Ute-Marie!

Oder ich gehe.

Oder ich sperre zu.

Du begreifst nicht, wie ernst es mir ist. Jetzt. Bitte. Sofort.

Augustus nimmt die Bilder aus der Schublade, gibt ihr die aus Kreta und Thailand. Sie prüft, ob es alle sind, und verstaut sie in der Tasche ihres Schwesternmantels.

Glück gehabt.

Wer?

Du! Wenn du das nicht begriffen hättest, dass es für mich mehr als tödlich wäre, dass es für mich vernichtend wäre, wenn irgendjemand diese Fotos sähe, dann, lieber Augustus, hätten wir, weil wir zutiefst nicht zusammenpassen, nichts mehr zu tun gehabt mit einander.

Ich leihe dir die Bilder. Sie gehören mir. Wenn du mir gehörst, wie ich dir gehöre, dann gehört mir alles, was du bist und hast, wie dir alles gehört, was ich bin und habe. Weil du das noch nicht ganz begreifst, leih ich dir die Bilder. Drei Männer haben dich fotografiert. Für zwei davon, für die beiden Ärzte, hast du dich auf Kreta und in Thailand nackt fotografieren lassen. Offenbar hast du keine Ahnung, wie du wirkst. Nackt. In hundert Stellungen. Immer unter einem riesigen Himmel und vor einem unendlichen Meer und in einem enormen Sand. Und jetzt das Gewaltige, Schatz. Du vergibst dir nichts. Auf keinem dieser von zwei gierigen Männern geknipsten Bilder kommt es auch nur zur geringsten Peinlichkeit. Weder zierst du dich, noch bietest du dich an. In allen Stellungen nackt, als wärst du allein. Tatsächlich keimte in mir die Hoffnung: du seist allein gewesen. Sag dazu nicht Ja und nicht Nein. Aber du bist auf allen diesen Bildern bei dir. Bei dir selbst. Und das ist, gestatte mir das schlichte Wort, einnehmend! Wenn mich je etwas in unserer Zusammengehörigkeit bestätigt hat, dann sind es diese Bilder. Deinen Vinze liebe ich dafür, dass er dich nur angezogen fotografieren will. Angezogen bist du frech, übermütig, provozierend. Da gibst du an. Du findest es toll, dass dir, was du anhast, so gut steht. Du feierst dich in Röcken, Blusen und Kleidern. Da könnte man sagen: Du bietest dich an, du willst verführen. Und sei es deinen Vinze. Und wie du lachst! So ein Lachen habe ich noch auf keiner Fotografie gesehen.

Weil Vinze das Fotografieren so ernst nimmt. Wie der sich krümmt und biegt und streckt, bis er endlich abdrückt! Er hat gedacht, ich lache ihn an. Ich habe über ihn gelacht.

Dass du, sobald es wärmer wird, so herumläufst! Dass du so wenig anhaben wirst! Dass dir das mit einem Griff vom Leib gerissen werden kann! Alles, was du da anhast, entblößt mehr, als es verbirgt! Soll ich verbieten, dass es wärmer wird? Ich ertrag das nicht. Dass du so herumläufst. Es sei denn, ich bin dabei.

Ich brauch jetzt keine Oper mehr. Deine Arien reichen mir …

Moment, Moment! Ich fotografiere auch. Auch dich.

Ich bin viel bescheidener als Vinze und die Ärzte. Ich will, dass du meinen Hut trägst. Das fiel mir schon am zweiten Tag ein. Und immer wieder hab ich es versäumt. Aber so nicht. Mit hochgebundenen Haaren fotografier ich dich nicht.

Ute-Marie hat inzwischen ihre Haare hochgebunden, jetzt löst sie sie wieder.

Er holt seinen Hut aus dem Schrank, setzt ihn ihr auf. Sieht, dass ihr sein Hut sehr gut steht.

Genau! Jetzt kommt es auf dein Gesicht gar nicht mehr an. Achtung!

Und knipst.

Und noch einmal! Jaa!

Und knipst.

Und ein letztes Mal. OK! Du bist ein Model, Schatz. Vielleicht sogar eine Schauspielerin.

Jetzt hast du mein Bild. Und morgen verschwindest du.

Ich? Wer sagt das?

Er greift sofort nach der Brille.

Schon nach einer Woche hätte man dich entlassen müssen.

Ein Regisseur ist auch ein Schauspieler, sonst ist er kein Regisseur. Und der Professor tut so, als glaube er mir. Er hat mich durchschaut. Er weiß, dass ich deinetwegen nicht entlassen werden will. Tatsächlich habe ich mir in der Klinik das seriöseste Leiden überhaupt zugezogen. Liebe.

Ich heile dich.

Bitte nicht. Ich will an der Liebe zu dir sterben.

Wann?

In fünfzehn bis fünfundzwanzig Jahren.

Fünfunddreißig, bitte.

Wieder ein Kuss, an dessen Zustandekommen beide gleichermaßen beteiligt sind. Ein sorgfältiger, milder Kuss.

Noch ein Geständnis.

Deine Geständnisse sind Rosen im Winter.

Jedes Mal wenn du gehst, dann ... dann müsste ich dich sofort zurückrufen, mit dem Piepton, und weiß, dass das nicht geht. Ich müsste dich fragen, ob du das auch schon gehört hast, dass Männer, wenn sie mit einer Frau geschlafen haben, dann nichts mehr wissen wollen von dieser Frau. Eine Zeit lang.

Vinze ist danach nur noch scharf auf Fernsehen.

Ich bin nachher jedes Mal noch heftiger auf dich angewiesen als vorher. Jedes Mal geschieht etwas, was dich noch unentbehrlicher macht. Eine Handbewegung, ein bloßer Laut, ich weiß, ohne diesen Laut will ich, kann ich nicht leben. Oder ein Satz von dir. Vorher, im Bett, hast du gesagt: Wir werden uns nie auswendig können. Alles, was du bist, ist wie für mich erfunden. Und dass es das, nämlich dich, wirklich gibt, ist und bleibt ein Wunder.

Darum mag ich dich so, weil du lauter so liebes Zeug drauf hast.

Liebes Zeug! Und wie du bei diesem Satz auch noch die Hände über dem Kopf zusammengeschlagen hast! Das ist die den Satz ins Glaubhafte steigernde Geste.

Er notiert sich etwas.

Schon notiert!

Genau.

Machst du das bei Gerda auch?

Frag nicht Sachen, die nicht hierhergehören!

Aha! Auf der Station grinst man schon! Jeden Morgen rührst du das Klinik-Frühstück nicht an, weil Dr. Gerda dir jeden Morgen das Frühstück bringt. Und das schafft die Ärztin, heißt es, noch vor ihrer Sprechstunde!

Seit 29 Jahren. In dem Jahr, in dem du auf die Welt kamst, wurde geheiratet.

Wurde noch schnell geheiratet.

Und seit 29 Jahren ist in dem Frühstück alles drin, was ich brauche. Ihr Spruch!

Eine besitzanzeigende Maßnahme.

Wenn auch nicht als solche gedacht.

Glaubst du. So wenig kennst du deine Frau.

Und wie findest du das: Wenn du lieb bist zu mir, kann ich lieb sein zu Gerda. Wer selber unglücklich ist, kann den anderen auch nur unglücklich machen. Im Stück liebt jeder jemanden, der einen anderen oder eine andere liebt. Also sind alle unglücklich. Jede Figur, die auf die Bühne kommt, setzt ihren Jammer fort.

Sollen sie doch froh sein!

Dass sie nicht geliebt werden?

Dass sie noch lieben können! Manchmal denke ich: Wenn ich Vinze nicht mehr lieben könnte und so tun müsste, als ob ich ihn noch liebte, das wäre furchtbar. Aber solang ich noch lieben kann, bin ich doch froh!

Er notiert sich etwas.

Zeig mir endlich ein Bild von ihm.

Er ist schlank. Ohne dürr zu sein.

Ich bin dick, ohne fett zu sein.

Er ist einsfünfundachtzig. Wahrscheinlich einssiebenundachtzig.

Ich bin einszweiundachtzig, wahrscheinlich einsneunundsiebzig.

Seine Lieblingsbeschäftigung: Tauchen.

Meine: Rauchen.

Er hat Hände wie ein Bildhauer.

Ich habe Füße wie ein Fußgänger.

Er hat Augen wie ein Verliebter.

Ich wie ein Betrübter!

Er hat einen viel versprechenden Mund.

Der meine ist vom Fluchen wund! Schluss, du kannst ihn haben!

Ich hab ihn schon.

Er kann dich haben!

Aber ich werde ihm nicht 29 Jahre lang das Frühstück servieren. Immer ans Bett und so weiter.

Frühstücken im Bett ist spießig.

29 Jahre lang das selbe Frühstück ist … ist ungeheuer. Dagegen gibt es nichts!

Ist das wahr: Lieblingsbeschäftigung Tauchen?

Leider.

Du auch?

Leider.

Warum?!

Liebe.

Klar.

Er fotografiert jetzt praktisch nur noch unter Wasser. Da aber fanatisch.

Jetzt schweigen sie länger.

Das kommt von seiner trockenen Beschäftigung. Software-Bastler!

Software-Entwickler, bitte. Ganze Hotelketten würden ohne Vinze im Chaos versinken.

Er könnte uns fotografieren. Ganz harmlos. Die Nachtschwester und der bekannte Patient.

Ja!! Unter Wasser!

Du an mir emporwachsend wie eine Pflanze, die mich oben umarmt.

Wenn du mich wieder richtig siehst, liebst du mich nicht mehr.

Ich habe dich, bevor ich dich richtig sah, ertastet. Ganz und gar.

Meine Nase …

Was ist mit deiner Nase?

Egal. Ich muss mit ihr leben.

Du musst nur mit mir leben. Nur mit mir.

Und gestern, ich will mir eine Hose kaufen, gibt die mir eine in die Kabine, zwei Nummern zu groß! Ich sag ihr das und gebe die Hose hinaus. Sie, zur Kollegin, so dass ich es hören muss: Kein Arsch und keine Schenkel!

Du hast alles, was ich will!

Ich liebe dich leider sehr.

Ich dich viel mehr.

Ich hoffe, Vinze verkraftet das.

Ich hoffe, Gerda verkraftet das.

Verkrafte ich das? Ich verkrafte das! Die Krankenhausmaus und der Promi-Regisseur!

Wenn wir reisen, und der Zug kommt nicht, lachen wir laut.

Wenn angesagt wird, der Rückflug ist gestrichen, rufen wir: Bravo.

Wenn sie sagen, morgen geht die Welt unter, sagen wir: Aber ohne uns!

Wenn sich überhaupt niemand mehr um uns kümmert, wissen wir: Wir sind im Paradies gelandet!

Wenn ich lieb bin zu dir, kannst du lieb sein zu Gerda. Hast du das gesagt?

Ich habe dich gefragt, wie du das findest.

Du willst es dir mit Dr. Gerda nicht verderben, klar.

Wer glücklich ist, kann einen anderen nicht unglücklich sehen.

Geht mir mit Vinze ganz genau so.

Jetzt muss ich Anton den Großen korrigieren. Mit einem schönen Gruß von Ute-Marie Wiese. Alle diese elend an einander Unglücklichen sollen glücklich sein, weil sie lieben. Weil sie noch lieben! Ich lasse sie glühen, blühen und sprühen!

Und wenn ich's nicht verkrafte?!!

Dann sag ich: Denk an unsere erste Nacht.

Wie war die?

Du hast dir das Kissen ins Gesicht gepresst, um deinen Schrei zu ersticken.

Ich kann ja hier auf der Station nicht schreien, oder?

Stößt du immer solche Schreie aus, wenn du mit einem schläfst?

Hör jetzt auf mit dem Schweinekram.

Schweinekram!

Man hört den Piepton. Ute-Marie springt auf.

Sicher wieder der Allgäuer mit den geschwollenen Hoden.

Sie rennt zur Tür, schaut hinaus auf die Anzeigentafel, kommt wieder herein und sagt:

Nein, die Baronin mit dem künstlichen Ausgang. Bis später, Schatz!

Und ist draußen.

Augustus greift nach der Brille mit den dunklen Gläsern und nach dem Aufnahmegerät. Er möchte etwas sagen, etwas festhalten. Er sagt:

Lydia, Max Stallhofer darf sich nicht einbilden, er habe mich besiegt, nur weil ich bei dem langen Trigorin-Text gekippt bin. Sollte sich dieser Eindruck bei ihm fixiert haben, musst du unauffällig daran arbeiten, diesen Eindruck zu löschen. Du kannst die Inszenierung nur weiterführen, wenn du das, was Max Stallhofer und mich verbindet beziehungsweise trennt, ganz und gar durchschaust. Es war ein Zweikampf, kein Duell. Keine Regeln, kein Ritual, die pure Feindschaft. Lydia, ich erinnere dich an die erste Leseprobe. Alle Mitwirkenden haben den Text in der Hand, tasten sich vorsichtig an den Text heran, wissen noch nicht, wie sie sich diesen Text aneignen sollen oder können, aber Max Stallhofer kommt mit kompletter Textbeherrschung. Lydia, das war eine Kriegserklärung. Er ist Herr der Trigorin-Rolle. Er braucht mich nicht. Und dann seine andauernden fiesen Kommentare über die Versuche der Kollegen und Kolleginnen, mit dem Text zurechtzukommen. Heute bereue ich, dass ich auf der Leseprobe gesagt habe, Schauspieler sein heißt unsicher sein, jede verfrühte Sicherheit sei ein Porenverschluss. Max Stallhofer hat gegrinst. Ich habe so getan, als bemerkte ich es nicht. Aber das Wichtigste: dass er meinen Anfall nicht als Sieg verbucht. Es war eine Kreislaufschwäche, bitte! Im Arrangement noch eine entscheidende Änderung. Diese Unglücksgeständnisse von Mascha, Polina, Semjon, Beispiel Mascha: Ich trauere um mein Leben, ich bin unglücklich. Oder Semjon, der Lehrer, der unglücklich ist, weil Mascha ihn nicht liebt: Ich liebe Sie, ich halte es vor Sehnsucht nicht aus. Alle diese Unglücks-Arien sollen stolz klingen! Die Figuren sind stolz darauf, dass sie so lieben. Probier das mal. Am besten mit Mascha! Ich trauere um mein Leben! Verstehen Sie mich! Ich bin unglücklich! Und das nicht als Jammer, sondern als Stolz!! Ein Ausbruch von Selbstwertgefühl!! Also, mach's gut!

Er zieht den Morgenmantel aus, legt sich ins Bett, nimmt die Brille ab und löscht das Licht. Aber er kann nicht schlafen.

Irgendwann klopft es leise, er antwortet nicht, Ute-Marie kommt herein. Sie knipst die kleine Taschenlampe an, Augustus hat die Augen geschlossen, er spielt den Schlafenden. Sie schaut ihm länger zu, dann streichelt sie ihn noch ganz leicht und sagt:

Du mein Herz, schlage in mir.

Dann geht sie.

Sie hat ihre Haare diesmal nicht gelöst.

Sobald sie draußen ist, öffnet er die Augen. Jetzt will er schlafen.

# 3

Es klopft, Augustus setzt die Brille auf und ruft laut und hell: Herein. Er weiß, wer um diese Zeit kommt.

Der Pfleger Robert öffnet die Tür, lässt Gerda eintreten, er trägt eine offenbar volle Reisetasche. Gerda nimmt sie ihm ab, sagt: Schon gut, danke. Und Robert, dialektnah: Sie will's mich net machen lassen. Und Augustus: Danke, lieber Robert, danke. Robert: Wenn man schon nichts tun kann für die Menschheit, dann tut man eben, was sich gehört. Frau Doktor, Herr Professor, ich wünsche einen schönen Tag. Er geht. Darauf hat Augustus gewartet, jetzt legt er los.

Die Sonne wüsste nicht, warum sie scheint, wenn sie nicht dich beschiene!

Aus welchem Stück?

Aus meinem.

Wie heißt das Stück?

Großer Bahnhof für Dr. Gerda! Glaub's oder glaub's nicht, die bringen jeden Tag wieder das Frühstück, und ich muss jeden Tag wieder an Eides statt erklären, dass Professor Overath persönlich mir erlaubt hat, das Klinik-Frühstück nicht anzurühren und dafür das Frühstück von Dr. Gerda Baum zu verschlingen, weil Dr. Gerdas Frühstück alles enthält, was ich an diesem Tag brauche. Aber solange du da bist, rühr ich's nicht an. Ich verzehre dich. Mit den Augen.

Wie geht es den Augen?

Wie geht es der Hüfte? Wo ist der Stock?

Churchill ließ sich nie mit Stock fotografieren. Ich hab ihn beim Pförtner gelassen.

Weil du ihn nicht brauchst?

Weil du ihn furchtbar findest.

Sie hat ihm, was zu seinem Frühstück gehört, hingestellt. Eine Schüssel, in der alles enthalten ist. Kefir, Früchte, Körner und so weiter. Obwohl er gesagt hat, solange sie da sei, rühre er das nicht an, löffelt er jetzt die ganze Schüssel leer.

Guten Appetit muss man dir nicht wünschen.

Dr. Gerdas Feinstkost! Damit könntest du die Welt erobern.

Mir würdest du reichen.

Sie hat aus der Tasche frische Wäsche in seinen Schrank geräumt und Gebrauchtes zum Mitnehmen verstaut. Sie kommt ans Bett, schaut zu, wie er isst.

Das kann ich nur bei dir.

Was?

Mir beim Essen zuschauen lassen. Ich weiß, wie komisch man aussieht mit vollem Mund.

Bei mir ist es dir egal, wie du aussiehst!

Mach doch nicht gleich was Negatives daraus. Ich hab es gemeint als Nähe. Unter allen Umständen.

Trotzdem heißt das, bei mir ist es dir egal.

Und wenn das so wäre?!

Da! Schau!

Sie zieht aus ihrer Handtasche ein Buch.

Das erste Exemplar.

Gibt es ihm. Er liest:

Abhängigkeit, Wahn und Wirklichkeit.

Das erste Exemplar.

Sieht toll aus. Wie eine Gewitterwolke, aus der gleich Blitze kommen.

Wie ein Dunkel, in dem sich das Licht verbirgt.

Das bist du.

Du bist ein Licht, das das Dunkel verleugnet.

Es gibt keinen Satz von mir, aus dem du nicht das Gegenteil herauswirtschaftest.

9900 Exemplare sind vorbestellt. Der Verleger findet's erstaunlich.

Ich auch.

Ich hab dir eins mitgebracht als Belegexemplar. Du kommst auch vor.

Klar.

Sie nimmt das Buch, blättert, findet die Seite.

Das Kapitel heißt Schweigen und Verschweigen. Und dann noch das Kapitel Verheimlichung und Geheimhaltung. Falls es dich interessiert.

Gerda!

Du weißt, warum ich eine erfolgreiche Ärztin bin.

Weil du alle Krankheiten auf die Ursache zurückführst, die die Ursache aller Krankheiten ist.

Spotte ruhig.

Gerda, ich habe noch nie aufgehört, dich zu bewundern.

Und was ist die Ursache aller Krankheiten?

Abhängigkeit.

Und warum bist du in dieser Klinik?

Stopp! Endlich eine Krankheit, die nicht in dein Fach fällt. Durchblutungsstörung im Gehirn, Sehstörung bis zur Erblindung.

Die erstaunlich schnell verging. Du simulierst. Wie lange noch?

Bis … zum Wochenende. Ich könnte der Nachtschwester die Nina anbieten. Sie weiß noch nichts davon. Die Demski ist für die Nina so ungeeignet wie du für die Lady Macbeth. Aber, Moment, das wäre endlich die Gewalt als liebenswürdige Grausamkeit. Ach, Gerda, warum musst du andauernd Menschen heilen, statt mit mir zu spielen. Gerda, diese Nachtschwester ist, was nach dir keine mehr war.

Das sagst du jedes Mal. Dass dir das nicht selber auffällt. Diese Wiederholungen bis ins Wörtliche.

Sie sieht auf dem Boden ein Taschentuch. Hebt es auf.

Ein Taschentuch!

Natürlich ein Taschentuch. Ich wollte ja immer schon Othello machen. Aus einem Taschentuch von Desdemona produziert Jago die tödliche Intrige.

Für dieses Taschentuch brauchen wir keinen Jago.

Das wär's überhaupt. Der Othello, von einer Frau gespielt. Die Eifersucht ist eine weibliche Domäne!

Und von wem ist dieses Taschentuch? Es duftet ein bisschen nach … nach, ich weiß nicht, was.

Hauptsache, es duftet.

Es duftet nach Nachtschwester.

Leg's da hin. Ich werde sie fragen.

Gestern hast du gesagt, sie sei eine reichhaltige Person.

Das ist sie.

Vorgestern hast du gesagt, sie sei wie eine Landschaft, in der man wandern möchte.

Was du dir alles merkst.

Und vor drei Tagen war sie: das Gegenteil von berechenbar.

Gerda, der Klinikalltag droht eintönig zu werden. Man ist dankbar, wenn eine Person auftaucht, die ein bisschen Farbe ins Alltagsgrau bringt.

Wie heißt sie?

Nachtschwester! Ist das nicht ein hinreißendes Wort? Nachtschwester.

Nach zehntägiger Beobachtung heißt die Diagnose: weitgehender, vielleicht vollständiger Verlust der Selbstbestimmungsfähigkeit. Eine Abhängigkeit, die in meiner Gradation die zweithöchste Stufe hat. Nummer neun. Nummer zehn wäre erreicht, wenn du den Verlust der Selbstbestimmungsfähigkeit gar nicht mehr wahrnähmst. Aber du nimmst ihn noch wahr und suchst, ihn zu verbergen. Darin drückt sich noch aus eine Achtung der Rechtmäßigkeit aller Umstände, die das persönliche Glücksverlangen verneinen. Zehn hieße, die Realität mag sein, wie sie will, der Betroffene will davon nichts mehr wissen, ja, er weiß sogar nichts mehr davon. Das Realitätsprinzip ist außer Kraft gesetzt. Die Illusion hat die Herrschaft übernommen und lässt sich durch nichts mehr bremsen. Du bist noch nicht so weit. Du weißt noch, dass du in Gefahr bist, die Illusion allmächtig werden zu lassen. Du weißt noch, dass deine Inszenierung auf dem Spiel steht. Dass du längst wieder auf der Bühne stehen, Regisseur sein solltest. Mit jeder Inszenierung, hast du einmal gesagt, setzt der Regisseur alles, was er je gemacht hat, wieder aufs Spiel. Und das tust du, wenn du dich, obwohl du dich erstaunlich schnell von deinem Schlaganfall erholt hast, mit Lydias Hilfe zum Fernmelderegisseur machst. Und weißt, dass das nicht geht. Der Regisseur ist nicht durch noch so treue Botschaften zu ersetzen. Er ist Teil der Inszenierung nicht durch kluge Botschaften, sondern durch leibhaftige Anwesenheit. Er verändert sich durch jede Sekunde seiner Anwesenheit, wie sich die ganze Inszenierung andauernd verändert. Einfach dadurch, dass alle teilnehmen. Und du drückst dich. Du desertierst. Du riskierst das Scheitern. Die Katastrophe. Die Inszenierung erstickt, weil du ihr deinen Atem versagst.

Donnerwetter, Dr. Gerda, die Instanz. Bevor du zur Hinrichtung schreitest, empfehle ich, was Shakespeare mitteilt: Der Henker bittet den Hinzurichtenden, bevor er ihn hinrichtet, um Vergebung.

Nur zu gern! Und dass ich es ungern tue, dazu! Und nur tue, weil du in Gefahr bist.

Du richtest mich hin, um mich zu retten.

Mach nur ein Theater daraus. Du weißt, dass du in Gefahr bist, du spürst es, aber du glaubst, du könnest durch Tricks und Täuschung davonkommen. Herr des Verfahrens bleiben. Wie immer. Wie schon gehabt. Um nur die drei Letzten zu nennen, wie bei Britta, bei Carla, bei Lavinia. Wart noch. Es gehört zu meiner ärztlichen Pflicht, dir zu sagen, was du, um bei den drei Letzten zu bleiben, Britta, Carla und Lavinia geschrieben hast.

Und was du durch deine unergründlichen Spionagetechniken erobert hast.

Wenigstens diese drei letzten Affären muss ich dir ins Gedächtnis rufen, weil allein dadurch eine Art Hoffnung erscheinen kann, die jetzige Affäre als etwas zu erleben, was, wie alles Vorangehende, seine Zeit haben wird, und dann hat es sich gehabt. Auch wenn du jetzt, das ist klar, nicht im Stande bist, das, was dich jetzt beherrscht, als eine auf Aufflammen und Erlöschen angelegte Affäre zu erleben. Für dich ist es, wie es bei Britta, Carla und Lavinia war, um nur die drei Letzten zu nennen, das Absolute, Endgültige: schlechthin Schicksal. An Britta hast du geschrieben: Ich bin nicht mehr der, der ich vor dir war. Ich bin nur noch der, der ich durch dich bin. Und sein werde!

Was für eine Formulierung!

Und an Carla: Du hast mich reich gemacht. Ich bin jetzt ein Fluss, der über die Ufer tritt und Wüsten zum Blühen bringt.

Auch nicht schlecht!

Lavinia: Vor dir war nichts. Nach dir wird nichts sein. Du bist alles, was sein kann.

O ja, o ja. Gerda, bitte, bedenk, das waren Immunschwächen der Seele. Aber jetzt, Gerda, du weißt nicht, wie glücklich du mich machst durch diese Zitate. Und dass du überhaupt so mit mir sprichst.

Das kann ich nur, weil ich dir … gestatte noch einmal das grauenhafte Wort … weil ich dir das Affärenhafte deines jetzigen Zustands ahnbar machen muss.

Allmählich erinnerst du mich an unseren Sprössling.

An den du nicht mehr erinnert sein willst.

Wenn ich gut geschlafen habe, tut mir seine Verachtung nicht weh.

Und wenn du nicht gut geschlafen hast?

Seh ich ihn, wie er hereinstürmt ins Ganymed, einszweiundneunzig groß, und sieht Lavinia, starrt auf eine einzige Stelle ihrer offenen Bluse, auf die Stelle, von der aus es nach rechts und links hügelan weitergeht, ohne dass man's noch sieht, und dann reißt er seinen Blick auf mich und sagt: Das nicht!! Dreht sich um und stiefelt aus dem Lokal, dass er bald noch einen Ober umgerannt hätte. Bei dem hab ich mich dann entschuldigt. Dabei hatte ich ihn eingeladen ins Ganymed, zum Essen, und er tut so, als habe er mich ertappt. Das nicht!! Knirscht er und geht. Zurück in sein Moralmilieu, in dem er lebt mit zwei Kindern aus drei Ehen. Immer rechtzeitig und ordentlich geschieden. Affären niemals! Lavinia hatte keinen Appetit mehr. Ich soff mich voll. Und habe, was ich brauchen konnte, in die Inszenierung gelenkt. Tartuffe. Im BE. Das passte. Am nächsten Tag habe ich die Parole ausgegeben für diesen Tartuffe: Es ist besser, verachtet zu werden, als bemitleidet! Und es wurde ein Erfolg.

Du könntest auf ihn zugehen.

Ich, auf ihn! Spinnst du! Affären! Niemals.

Das ist vorbei!

Solang, was mich bewegt, Affäre heißt, ist nichts vorbei.

Gut, Daniel hat dich …

Ist nichts vorbei!!

Britta, Carla, Lavinia, die Sätze, die ich gefunden habe …

Moment, tut mir leid. Diese Sätze habe ich dir hingelegt. Jedes Mal. Dir diese riskanten Beteuerungen ins Gesicht sagen, tut mir leid, da spielte ich lieber den Ertappten, den Entlarvten.

Du bist ein … ein … ein …

Was auch immer ich bin, Gerda, ich bin im Gestehen unersättlich. Hingelegt hab ich dir die Sätze an Britta, Carla, Lavinia …

… und andere …

… immer erst, wenn's vorbei war. Jetzt, Gerda, ich berste vor Dankbarkeit, wir sprechen über das, was ist, jetzt!

Er schlägt ihr Buch auf.

Schweigen und Verschweigen. Verheimlichung und Geheimhaltung. Endlich, endlich, endlich! Gerda! Ich inszeniere ein Stück, in dem Menschen einander die Wahrheit nicht sagen können. Und wenn sie dann doch herauskommt, ist es eine Katastrophe. Zuerst Schweigen, das stimmt, dann Verschweigen, dann Verheimlichung, dann Geheimhaltung. Was wir einander verschweigen. Jeder jedem. Das Verschweigen kostet Kraft. Und dann andauernd, Tag und Nacht, die Angst, du hättest plötzlich nicht mehr die Kraft, das Verschwiegene zurückzuhalten. Und das wäre das Ende. Jeder Beziehung. Nicht nur der Ehe. Jeder ist der, der dem anderen am meisten verschweigt. Die Geheimhaltung ist das, was uns miteinander verbindet. Die höchste Stufe der Geheimhaltung ist das, was ich auch vor mir selber um meinetwillen geheimhalten muss. Offenbar werden wir durch und durch von einer Moral beherrscht, die wir zwar nicht anerkennen, die aber darüber entscheidet, was wir von uns selber halten müssen. Was wir noch denken dürfen und was nicht. Es ist die feinste Fähigkeit der Seele, sich vor dem Unerträglichen zu schützen. Diese Fähigkeit lasse ich mir nicht verdächtig machen. Verheiratetsein: einerseits Nähe, andererseits Schweigen, Verschweigen, Verheimlichung, Geheimhaltung. Man ist mehr oder weniger verheiratet. Die Utopie, Gerda: Verheiratet bin ich mit dem, dem ich am meisten sagen kann.

Augustus hört auf, wie einer aufhört, der weiß, dass er nicht alles gesagt hat, was er sagen wollte.

Gerda wartet nicht. Irgendwann sagt sie:

Wie viel jünger ist sie?

Als du?

Als du!

Ich habe sie nicht gefragt.

Wahrheit. Das wäre die Rückkehr ins Paradies. Aber

mit der Erfahrung, wie es draußen ist. Immunschwächen der Seele! Jetzt! Aber solang es war, war es immer alles. Dein Ein und Alles!

Schau, Britta, Carla, Lavinia …

Um nur die drei Letzten zu nennen.

… es sind die drei letzten Inszenierungen. Britta, Käthchen von Heilbronn, der göttliche Kleist. Carla, Antigone, der absolute Sophokles. Lavinia, Tartuffe, der ungeheure Molière.

Immunschwächen der Seele!

Ich nehm's zurück. Ich entschuldige mich.

Bei?

Bei dir. Bei Britta! In der ersten Reihe saß sie bei diesem blöden Kongress in Köln. Sie sah überhaupt nicht aus, wie die in der ersten Reihe aussehen. Sie saß auf dem Platz, der für ihren Onkel reserviert war, einen Professor Sowieso. Mir fiel sie auf, weil sie die Reden aufnahm. Beim Empfang fragte ich sie. Eben für den Onkel hat sie's getan. Und sie, ein Kind, wenn auch schon sechsundzwanzig. Sie schaute mich unter ihren Haaren so an, es war kein Blick, es war ein Hilfeschrei. Kommen Sie, sagte ich, nahm ihre Hand, führte sie hinaus. In irgend ein Lokal. Sie sah nur noch vor sich hin. Auf ihre Hände. Und die taten etwas mit einander, was ich nicht verstand. Es sah aus, als würden sie mit einander ringen. Und sie konnte nicht eingreifen. Ich, mitten in den Käthchen-Proben. Ich voll von diesen rauschhaft schwingenden Käthchen-Sätzen. Seh ihre Hände und sage ihr halblaut den Text: Wahrhaftig, wenn ich sie so daliegen sehe, mit roten Backen und verschränkten Händchen. Dann das erste Wort von ihr: Angst. Dann mühsam: Ihr Vater habe sich von einem Kreuzfahrtschiff im Mittelmeer von Bord gestürzt. Dann allmählich ein Inhalt: dass sie nicht mehr an allem schuldig sein wolle. Verantwortungslosigkeit. So ein Wort schob sie heraus. Verantwortungslosigkeit, endlich. Ihr sei es, als ich sie bei dem Empfang ansprach, schwindlig geworden. Sie habe sich an dem Stehtischchen festhalten müssen. Ich hatte gerade einer Schauspielerin helfen müssen, das Käthchen zu verstehen, das vierzehnjährige. Als sie zum ersten Mal den Grafen Wetter vom Strahl sieht, stürzt sie vor ihn hin. Die Schauspielerin, selber schon zweiundzwanzig, fragt mich, ob das Käthchen wisse, was sie tue, oder ob ihr das einfach passiere oder ob sie etwas imitiere. Als diese Britta das mit dem Schwindligwerden sagte, sagte ich ihr einiges über das Käthchen, das mehr als einmal im Stück vor dem Grafen in Ohnmacht fällt. Da war sie hin. Und ich auch. Sie sei seit dem Tod ihres Vaters noch nie so verstanden worden wie in dem Augenblick, als ich sie ansprach. Wann sei das gewesen, der Tod ihres Vaters. Viereinhalb Jahre sei das her jetzt. Und ich mitten im Käthchen! In der ersten Fassung gibt Kleist dem Grafen, wenn der das Käthchen erlebt hat, einen Monolog. Fünfmal ruft er da aus: Ich bin geliebt. Ich bin geliebt. Ich bin geliebt. Lydia hat diese Szene entdeckt. Sie wollte das ins Stück, dieses fünfmalige Ich bin geliebt. Ich lehnte ab. Ich wusste nicht, wie ein Schauspieler das bringen sollte. Fünfmal: Ich bin geliebt. Nachdem ich Britta erlebt hatte, habe ich den

Grafen fünfmal Ich bin geliebt sagen lassen können. Auf einmal war das möglich. Überhaupt kein Problem mehr. Für mich. Fünfmal zu sagen: Ich bin geliebt. Man muss erleben, dass es möglich ist. Ja, es musste sogar sein. Der Graf muss nach diesem Monolog weinen. Nach fünfmal Ich bin geliebt weinen. Weinen – ist das Schwierigste. Auf der Bühne. Überhaupt Vorgänge im Körperlichen. Weinen, Lieben, Sterben. Es darf nichts imitiert werden. Ich musste selber weinen. Na ja. Es gelang. Irgendwie.

Und heute ist Britta???

Seit sieben Jahren für BMW in Brasilien.

Verheiratet?

Nein.

Natürlich nicht.

Sie hat mir lange geschrieben. So leicht ist es gar nicht, einem Menschen nicht helfen zu können. Für BMW in Brasilien! Ich sehe noch, wie ihre Hände mit einander ringen.

Brittchen aus Heilbronn!

Spotte ruhig. Sie ist aus Tauberbischofsheim. Immerhin. Das ist nicht so weit weg von Heilbronn. Osteopathin damals. Vielleicht jetzt noch. Alles mit den Händen. Und ayurvedisch. Alles ist immer Pitta oder Kapha oder Vata.

Hauptsache, es wurde ein Erfolg.

Eine Affäre eben. Zuzugeben ist, dass der Erfolg eher davon kam, dass ich das Käthchen in einen glühenden Nebel reiten ließ. Der Graf ist todkrank und träumt, dass ein Cherub ihm Käthchen zuführt. Da findet die alles entscheidende Botschaft statt: Käthchen ist eine Tochter des Kaisers. Dazu durfte ich sie, vom Cherub geführt, nackt auf einem Schimmel in einen glühenden Nebel reiten lassen.

Eine Immunschwäche der Seele!

Weil ich dir alles so harmlos wie möglich darstellen muss. Das ist schon Routine. Sobald Weibliches dran ist, schalt ich um auf Verkleinerung. Verharmlosung.

Verheimlichung. Geheimhaltung.

Genau. Ich will dir immer alles erträglich machen. Weil es auch erträglich ist. Weil ich dich liebe. Dich immer geliebt habe. Glücklich bin, dass dir das Älterwerden nichts anhaben kann. Meine Augen sind mit dir gealtert. Gerda, du bist keinen Tag älter geworden seit unserem ersten Tag. Ich habe dein Älterwerden nicht als Älterwerden bemerkt. Ich übertreibe jetzt nicht. Was du warst, was ich war vor 29 Jahren, das war etwas Rohes, Unfertiges, Schönes, ein Naturzustand, ein Reichtum an Versprechen, wir waren ein roher Diamant. Dann wurde geschliffen, einhunderttausend Minuten lang, immer vom Schicksal selbst, wir beide immer gefordert, immer überfordert, immer bedroht von der Lebensblamage schlechthin, immer ein Gegeneinander in der Aufeinanderangewiesenheit, immer ein totales Miteinander in einem unerklärten, aber nie aufhörenden Krieg. Immer in einer Gesellschaft, die darauf spezialisiert ist, uns zu erledigen. Das macht aus Männern Physiognomien der Trostlosigkeit. Und Frauen sehen dann öfter beschädigt aus. Und du eben nicht! Überhaupt nicht. Und das kommt von unserer unheimlichen, entschuldige, ich sehe ein furchtbares Wort entstehen und kann es nicht vermeiden, das kommt von unserer unheimlichen Synchronizität. Das ist eine unwählbare Gestimmtheit. Das ist die Übereinstimmung selbst. Noch schlimmer als Synchronizität ist Harmonie. Du weißt, Fremdwörter sind meine Feinde. Überhaupt Wörter, Gesten, Gerda. Gib mir die Hand.

Sie gibt ihm eine Hand. Er nimmt sie mit beiden Händen.

Gerda, deine Liebe und meine Liebe, unsere Liebe, ist die ewige Liebe. Unverbrüchlich. Durch nichts zu widerlegen. Es gibt die augenblickliche Liebe, die die ewige Liebe werden will. Die kann man verdächtigen, wie du es tust. Und du hast hundert Gründe. Du und ich, wir sind verbunden durch ein Verständnis, das über alles hinausgeht, was sich andere vorstellen können. Ute-Marie Wiese, lass mich sie mit ihrem Namen nennen. Wiese heißt sie – Gerda. Ich habe nie etwas dagegen empfunden, dass du Schlatt geheißen hast. Eine geborene Schlatt! Das warst du, das bist du geblieben. Aufrecht, schlank, überflusslos, anfassbar, stark, Schlatt. Jetzt: Wiese. Das hätte doch nicht sein müssen! Aber es ist so, Gerda. Sie heißt Wiese. Kein Dichter hat je eine Frau, ein Mädchen Wiese genannt. Das kann nur der Wirklichkeit einfallen. Wehr dich doch nicht gegen die Zärtlichkeitsfülle dieses Namens. Du glaubst, ich schwärme! Ich zähle nur auf, was ich empfinde. Bitte, dann erklär du mir, warum ich sagen kann: Sie ist eine Landschaft der Liebe. Ein Gebirge der Zärtlichkeit. Ein Ozean der Empfindung. Und Ute-Marie! Wenn das keine innigste Kühnheit ist, wie dieser Vorname einen Anlauf nimmt, dann springt er in die Höhe und landet wo? Auf Wiese! Gerda, sie passt zu uns. Das ist mein Gefühl. Sie ist das, was wir hätten sein können. Wenn ich … was ich alles falsch gemacht habe! Ute-Marie ist ein Glücksfall für uns. Sag dazu noch nichts. Dafür, dass ich jetzt so sprechen kann zu dir, liebe ich dich, wie ich dich noch nie geliebt habe. Ich war noch nie so reich wie in diesem Augenblick. Ich liebe mehr, als ich je lieben konnte. Ich liebe dich, und ich liebe die Nachtschwester. Das ist ein Gefühl … der Umarmungsstärke. Sag, warum das nicht sein darf. Wenn du es mir sagst, dass ich es begreife, dann darf es nicht sein. Dann wird es nicht sein. Dann wird, was ich empfinde, vernichtet. Ich weiß nicht, wie ich das machen soll. Gerda, dein Wille geschehe! Gerda, komm. Komm doch endlich! Zu mir!

Gerda geht um das Bett herum, setzt sich aufs Bett, er zieht sie zu sich. Weil das Bett so eingestellt ist, dass das Kopfteil ziemlich steil steht, ergibt es sich, dass sie halb liegt, halb sitzt. Ziemlich Pietà-mäßig. So bleiben sie lang.

Ich spür's ja, Gerda, wie viel Atem du holst, ach, Gerda, atme aus, lass einfach alles ungesagt! Ich will mit dir in Frieden leben. Nichts als das.

Ich habe mich vorbereitet.

Ich spür's.

Und kann jetzt nicht, wie ich will. Wie ich müsste!

Mir fährt schon mal dazwischen von gestern eine noch nicht Vierzigjährige. Sie mit dem Kind an der Ostsee. Kommt heim, der Mann ist ausgezogen, hat den Hausrat geteilt, genau die Hälfte mitgenommen. Sie hatte sich davor ihre zu großen Brüste verkleinern lassen. Dann noch ein Unfall mit dem Auto, sie durch die Scheibe, dann monatelang Narbenschleifen, sie kommt sich vor wie Frankenstein. Narben überall. Auf der Brust, im Gesicht. Der Mann Diplom-Psychologe in einem Reha-Zentrum. Er hilft den Patienten, aus ihrem Leiden Kraft zu schöpfen. Sie sagte: Ich leb halt immer noch. Das ist der einzige Fehler, dass ich noch lebe. Mein Mann nimmt mir das mit Recht übel. Dass ich ihr nicht helfen kann! Ich schlafe keine Nacht mehr! Meine Spritzen nützen nichts mehr! Sie kann nicht mehr still sitzen. Den ganzen Tag rumlaufen. Bis zur Erschöpfung.

Gerda spricht nicht weiter.

Immer nehmen dich deine Patienten gefangen. Deine Patienten sind Vampire. Immer schon. Sie merken, dass du ihnen den Hals hinhältst.

Ich frage dich: Wie kommt dir der Mann vor?

Du hast keine Narben. Nichts an dir ist zerstört. Ich sage dir hundertmal: Welch ein Glück, dass du so aussiehst. So ganz und gar wie immer.

Trotzdem verlässt du mich. Regelmäßig.

Verlassen? Ich dich! Gerda, wo ich bin, bist du.

Seit sieben Tagen, jeden Morgen, wenn ich komme, seh ich an deinen Augen, dass du das schreckliche Mittel genommen hast.

O je, geht das wieder los.

Du streitest es ab, wie immer. Das ist grotesk. Du siehst aus wie ein Boxer, der gerade einen Kampf verloren hat. Zur Sache: Dass es mit der Nachtschwester regelmäßig zum GV kommt – du gestattest, dass ich das dürftige Wort Geschlechtsverkehr so abkürze …

Ich bitte darum.

GV mit der Nachtschwester. Da das strikt verboten, also für die Frau grell riskant sein muss, ist eine Notwendigkeit entstanden, sagen wir, höherer Art. Höher als Klinikgesetz, Anstand und so weiter. Wahrscheinlich gilt Liebe als die alles erklärende und entschuldigende Ursache. Bekannt genug ist, dass GV ohne Liebe stattfinden kann. Statistisch gesehen wahrscheinlich viel häufiger ohne als mit oder durch Liebe stattfindet. Aber ebenso sicher: Liebe kann durch GV entstehen. Und noch sicherer: Was zum GV führt, ist in aller Regel nicht Liebe. Liebe kann eine Folge des GV sein. Kann! Was zum GV führt, ist bekannt. Warum aber dann Liebe? Man muss jemanden, mit dem man Tennis spielt, nicht lieben. Und kann doch leidenschaftlich gern mit ihm Tennis spielen. Die Sprache, die der GV produziert, ist nicht die Sprache der Liebe. Sondern? Sondern, sagen wir einmal, die des Konsums. Also der Leistung. Im GV zelebrieren die Partner einträchtig einen optimalen Verlauf. Je mehr sie einander als Erlebende erlebbar machen, um so mehr haben sie selber davon. Irgendwo habe ich gelesen: Die Erregung des anderen sei wichtiger als die eigene. Ich widerspreche: Die Selbsterregung ist das Wichtigste. Und davon erst hat dann auch der andere was. Die beim GV produzierte Sprache zeigt, dass der bloße, der sprachlose GV nicht das Ideal ist. Und je wichtiger die Sprache bei der Optimierung des GVs ist, desto größer der Anteil der Mache. Man muss das nicht Lüge nennen. Es genügt zu wissen, dass die verbale Mache mehr macht, als die bloße Natur kann, ja sogar will. Jetzt nur noch: Der GV ist zweifellos der Motor, der unsere Welt im Gang hält. Es ist tausendmal erwiesen und bewiesen, was alles letzten Endes nur um des GVs willen geschieht. Jetzt aber: Darf man es erstaunlich finden, dass Männer und Frauen, die außerhalb des GVs ihre Persönlichkeit pflegen und hegen, die geschätzt und geachtet werden als die einzigartigen Persönlichkeiten, die sie doch sind, darf man es erstaunlich finden, dass sie als GV-Teilnehmer allen gleichen, denen sie sonst zu gleichen einfach ablehnen? Männer und Frauen, feinste, erlesenste, großartige Persönlichkeiten – beim GV sind sie Masse. Es gibt nichts Unpersönlicheres als den GV.

Längeres Schweigen. Augustus zeigt Interesse.

Auch du bist persönlich an nichts so wenig beteiligt wie am GV. Du bist beim GV nichts als der Funktionär des Geschlechts. Ich kenne die Hilfskonstruktionen, mit denen man vor sich selbst verbergen will, dass die uns am meisten beschäftigende Handlung auch die unpersönlichste ist. Das Un-Ganzsein der Individualität. Das Charisma der Agape. Oder wie Plato erzählt: Zuerst ein Doppelgeschlecht, dann entzweigeschnitten, dann sehnen sich die Teile zu einander, sind voller Begierde, wieder zusammenzuwachsen. Tausend solche Märchen, um die GV-Realität zu verklären. Die Nivellierung bis zur Unterschiedslosigkeit … Hörst du mir noch zu?

Entschuldige. Ich weiß immer noch nicht, wie Nina reagieren soll auf Trigorin. Entschuldige. Ich bin wieder ganz da!

Tausend Märchen, um die GV-Realität zu verklären. Die Nivellierung bis zur Unterschiedslosigkeit, die außerhalb des GVs durch alles Erdenkliche verborgen, verheimlicht, verleugnet wird. Der GV ist also ein Geschehen, dem wir unter keinen Umständen als eben unter denen des GVs entsprechen wollen und können. Die Natur will das so, die will das immer noch so. Die ganze Kultur nichts als ein Überbau, um zu verbergen, was uns das Wichtigste ist. Nämlich: keine Persönlichkeit XY zu sein, sondern ein GV-Partner, der es bringt, eine GV-Partnerin, die es bringt. Jetzt, Augustus, habe ich mich erinnert an die erste Inszenierung von dir, die ich sah. Ich war Ende zwanzig.

Maß für Maß.

Gut! In?

Wuppertal.

Sehr gut.

Ein schlimmes Stück. Das kleinste Einmaleins der Moral.

Und doch der unendliche Shakespeare. Moment.

Sie drückt auf ihrem Handy eine Nummer.

Ja, Lydia. Ja, ich bin's. Ich komme eine … halbe Stunde später. Eingetragen ist nur Enrico. Er wird's verstehen.

Bis gleich. Ein Stück von elementarer Richtigkeit. Dagegen ist Romeo und Julia eine Schnulze.

Shakespeare rotiert im Grab! Ich hätt's nicht machen sollen.

Weißt du noch die Handlung?

Wie alles, was ich leiden musste, hat sie sich eingeprägt.

Der Herzog …

Sie gibt ihm Gelegenheit, fortzufahren.

Der Herzog will Urlaub machen. Angelo, sein Statthalter, soll regieren. Und tut's gleich so streng wie möglich. Frischt ein sinnloses altes Gesetz auf, das ihm erlaubt, den jungen Claudio zum Tod zu verurteilen. Aber Isabella, Claudios Schwester, die gerade Nonne werden will, geht zu Angelo, bittet um Gnade für ihren Bruder. Ja, wenn sie mit Angelo schläft, ist der Bruder frei. Das kann sie nicht. Sie schaltet Mariana ein. Die war Angelos Verlobte, er ließ sie vor fünf Jahren schmählich sitzen. Isabella arrangiert die GV-Szene im nächtlichen Gartenhaus. Angelo kommt, schläft, glaubt er, mit Isabella, in Wirklichkeit aber mit der schmählich verlassenen Mariana.

Das reicht. Der Rest ist Drama. Shakespeare macht es Spaß, die Bibel anklingen zu lassen. Und Adam *erkannte* sein Weib Eva. Und sie ward schwanger. Mariana schwört nach diesem GV: Ich hab erkannt ihn, doch mein Mann erkennt nicht, dass er mich je erkannt. Das schwört sie, weil Angelo schwört, dass er Mariana weder sah noch hörte. So viel zur Nähe durch GV. Und dass man das *erkennen* nannte, sagt, womit wir's zu tun haben: GV-Verklärung. Zwei Geschlechtsteile begegnen einander. Dass sie dem Fortpflanzungsbefehl gehorchen, wissen sie nicht mehr. So wenig wie Romeo und Julia. Und das ist dein Job. Die Propagierung der Verklärung. Die Hypersensibilisierung erogener Zonen hat mit Liebe so viel zu tun wie der Mond mit den an ihn adressierten Gedichten.

Wenn ich ihre Brustwarzen berühre, erleidet sie, was du Orgasmus nennst. Und was sie da mitreißt, fortreißt, hinreißt, dass sie nämlich schreien müsste, das muss sie in einem Kissen ersticken. Das darf ja nicht sein, dass ein Mensch aus reiner Lust schreit.

Und dass ihr das bei einem anderen kein bisschen anders geht, ist dir egal.

Aber in diesem Augenblick bin es doch ich, der schuld ist an dieser schönsten Raserei. Entschuldige, Gerda. Wir nehmen jetzt alles zu ernst. Weißt du noch, wer den bösen Angelo spielte? Stallhofer! Wir waren beide gleich jung, gleich ehrgeizig. Und er gab einen perfekt bösen, geschmeidig bösen, souverän bösen, temperaturlos bösen Angelo. Und ich wollte einen unglücklich-bösen, einen hilflos-bösen, einen traurig-bösen Angelo. Stallhofer siegte! Aber das eigentliche Drama war der Claudio. Der Schauspieler, ich komm jetzt nicht auf den Namen, war Alkoholiker, er nuschelte den Text herunter und war doch der sinnlich drauflos lebende, sich andauernd selbst verführende Claudio. Auch wenn man nur jeden zehnten Satz wirklich verstand, verstand man alles. Stallhofer schon damals total textfest, litt unsäglich. Und einmal brach er aus: Er verlange Text, nicht Promille-Brei.

Jetzt der Alkoholiker, Kurt hieß er: Wie von einem Blitz getroffen, bringt er die nächsten Passagen so geschmeidig, so souverän, so temperaturlos wie Stallhofer seinen Angelo. Und fragt mich, ob ich Claudio so wolle, so mit Unverwundbarkeit gesalbt. Ich bastelte einen Kompromiss. Aber mir war damals klar: Ich möchte nur noch mit Alkoholikern inszenieren. Mit Verlorenen. Aber dann nimmt man immer wieder die Unverletzbaren, die Stallhofers, ja, Kurt hieß er. Kurtchen, sagte seine Frau. Die immer dabei war. Die dafür sorgte, dass er überhaupt kam. Am Tag der Premiere gestand ich ihr meine Angst, ob ihr Mann den Text wirklich bringe. Und sie: Am Abend bringt Kurtchen immer alles. Den Satz kennst du. Mein Standardsatz für Premierenfieber: Am Abend bringt Kurtchen immer alles.

Keine der drei von dir zuletzt Gebrauchten hat nach dir noch geheiratet. Ich würde mir das an deiner Stelle nicht zu hoch anrechnen. Du hast sie verdorben. Hast ihnen für kurze Zeit eine Hoch-Zeit vorgespielt und ermöglicht. Eine Schonzeit mit prinzipieller Alltags-Verleugnung. Wie lange wird es diesmal dauern? Britta drei Jahre. Carla zwei. Lavinia eineinhalb. Tendenz sinkend. Aber profitiert hast du jedes Mal.

Wird nicht bestritten.

Wenn ich deine Affären, entschuldige, deine … Geschichten summiere, kommt heraus: Du hast diese Frauen nur gebraucht als Spenderinnen von Energie.

Lass das NUR weg.

Gern. Darf ich ein Bild wählen für das, was diese

Frauen für dich waren, wenn sie dir Energie gespendet haben?

Bitte.

Steckdosen. Protestier nicht gleich. Und du hast für den Strom, den sie dir lieferten, nicht bezahlt.

Mit Verlaub, davon weißt du nichts. Und Goethe habe das, hör ich, auch so gemacht. Und Brecht auch. Und andere.

Wie verkommen bist du eigentlich, dass du das für eine Entschuldigung hältst?

Entschuldigung nicht, Erklärung.

Kumpanei, mehr nicht. Alles, was du jetzt herunterorgelst, diese enorme Tönerei, was sich aufplustert, als sei es des Geschlechtlich-Anthropologischen letzte Weisheit, ist nichts als Lyrik zur Sex-Verklärung.

Gerda, im Theater, in der Requisite ist jeder Quadratzentimeter gepflastert mit Nacktfotos. Fotos von Frauen, die die Männer, die dort arbeiten, nie auch nur von ferne zu sehen bekommen. Schönheit, brutal oder sentimental, aber Schönheit. Weibliche Schönheit als das Anbetungswürdigste überhaupt. Da kommst du mit deinem Fortpflanzungsbefehl! Gerda, das ist Gottesdienst. Und der Gott heißt: Weib! Weib! Weib! Wart noch! Es gibt ein Beispiel. Ich habe als Abschluss-Arbeit auf der Schauspiel-Schule Stella gemacht. Du warst noch nicht in Sicht. Ich hatte noch nichts erlebt, und was habe ich getan? Ich habe inszeniert die späte Fassung des Stücks, die von 1806, die der so große wie vernünftige Goethe schrieb, weil die erste Fassung, wie es heißt, Anstoß erregt hatte. In der ersten Fassung: Das Trio Stella, Fernando, dessen Geliebte Stella ist, und seine Frau Cäcilie, sie können nicht voneinander lassen. Fernando umarmt beide und ruft: Mein! Mein! Stella ruft, an ihm hängend: Ich bin dein! Cäcilie, an seinem Hals: Wir sind dein! Die Gefühle bestimmen, was geschieht. Weil sie keine Trennung ertragen, trennen sie sich nicht. Jeder nimmt den eigenen Anspruch so weit zurück, dass die Ansprüche zu einander passen. Das führt unversehens zu einer Freiheit. Freiheit vom bloßen Besitzenwollen. Freiheit, die schönste Wahl zu treffen. Es ist Freiheit des Geistes. In einer Ehe zu dritt. Und das durfte nicht sein. Das erregte Anstoß. Also wird aus dem Schauspiel für Liebende das Trauerspiel. Die Frauen machen edelste Angebote des Verzichts, aber Fernando weiß, es darf nur EINE sein, also nimmt er die Pistole, geht langsam von der Bühne, man hört den Schuss, der Anstand hat gesiegt. Und Stella stirbt gleich auch noch. Es überlebt Cäcilia, die Ehefrau! Frau von Stein war das noch zu wenig. Fernando erschießt sich, schreibt sie, und mit dem Betrüger kann man kein Mitleid haben. Wahrscheinlich hätte sie ihn gern gefoltert gesehen. Übrigens ist verbürgt, dass Schiller noch für diese monogame Zurichtung gesorgt hat. Dass Schiller privat mit den Schwestern Lengefeld großzügiger praktizierte, passt ins Bild: Moral-Milieu!

Wie alt war Goethe, als er das änderte?

Er war … siebenundfünfzig.

So alt bist du eben noch nicht.

Ich war noch nicht fünfundzwanzig und habe gleich

die Dramaturgie der Pistole inszeniert statt das Schauspiel für Liebende, das er mit siebenundzwanzig geschrieben hatte. So kühn war er mit siebenundzwanzig. So feig war ich von Anfang an. Aus mir konnte doch nichts werden. Nichts als ein Dekorateur der Lüge. Keine fünfundzwanzig und schon feig. Und bin's geblieben. Bloß keinen Anstoß erregen. Die Lüge fortsetzen von Mal zu Mal zu Mal. Das Prinzip Verheimlichung! Wie viele Stücke hören eigentlich mit einem Pistolenschuss auf?! Die Dramaturgie der Feigheit. Selbstmord ja! Aber nur in Wirklichkeit! Auf der Bühne muss eine Lösung erspielt werden! Erspielt! Sag jetzt nichts, Gerda. Du wärst für das Trauerspiel. Klar. Das Leben als Trauerspiel. Wie gehabt, wie gehabt, wie gehabt. Und jetzt sage ich dir, Gerda, ich werde Stella inszenieren. Aber nicht das Trauerspiel, sondern das Schauspiel für Liebende. Ich bin dein! Wir sind dein! Gerda, sag jetzt nichts, wart bis zur Premiere! Es soll ein Lehrstück werden für uns alle!

Shakespeare hat …

Ja, ja, ja, zurück zum Moral-Milieu. Maß für Maß. Geben wir dir und Shakespeare recht, dann gibt es nichts Unschuldigeres als den GV. Man steckt sein Zeug irgendwo hinein, und nachher ist man wieder ein Individuum. Ich habe dir zugehört. Kannst du mir auch zuhören?

Sie schaut auf die Uhr.

Ja, natürlich.

Versprochen?

Versprochen.

Ich schildere dir, was passiert. Und ich sage nicht dazu, mit wem und wann. Es geht nur um die Sache. Der, um den es sich dabei handelt, hätte von einem angesagten Untergang der Welt nichts wissen wollen, es sei denn, das angesagte Weltuntergangsdatum hätte bedeutet, dass er zu dem GV, auf den er gerade zulebte, nicht mehr kommen werde. Er lebte nämlich von GV zu GV. Erfüllt und gequält von einer Unersättlichkeit, die nichts mit dem zu tun hat, was einen Mann zum nächsten GV treibt: Ausstoß von Samen usw. Auch nach einem gerade vollzogenen GV sofort wieder diese Unersättlichkeit, obwohl er in diesem Augenblick zu nichts Geschlechtlichem fähig gewesen wäre. Eine Gier, die er Sehnsucht nannte. Sehnsucht nach einer Frau. Und was ist das für eine Frau? Seit die Haare auf seinem Kopf weniger werden, sind ihm die Haare sonstwo mehr wert. Die Haare auf seinen Schultern sind ihm die liebsten. Und sie, diese Frau, fährt über diese Schulterhaare hin, als wären es Gräser oder Blumen. Auf jeden Fall tut sie das um ihretwillen. Sie genießt es. Und ihm wird klar, wenn sie es um seinetwillen täte, wäre es für ihn nichts wert.

Ich bin …

Entschuldige. Nur das noch. Etwas über einen bestimmten Zeitgenossen zu einer bestimmten Zeit. Wir können dann beide überlegen, wie wir zu den Auslassungen dieses Zeitgenossen stehen.

Augustus zögert.

Er braucht, lässt er uns wissen, jemanden, der seinen Körper liebt. Nicht, um ihm einen Gefallen zu tun. Im

Bett wirkt nur, lässt er uns wissen, was man braucht. Selber braucht. Er kann, lässt er uns wissen, seinen Körper nur ertragen, wenn jemand diesen Körper braucht. Wenn jemand etwas hat von seinem Körper. Er möchte seinen Körper lieben. Aber so, wie der jetzt ist, kann er ihn nur lieben, wenn jemand ihn liebt. Und diese Frau liebt seinen Körper. Das erkennt er daran, wie sie reagiert, wenn er sie berührt. Moment noch. Sich nackt erleben. Im Bad. Wenn seine Frau und er einander begegnen. Sie wirkt mehr auf ihn als er auf sie. Er weiß, sie würde ihr Leben für ihn opfern, eine Niere spenden und sonst was. Aber im Bad, in Reichweite, ihn schnell ganz unverschämt anlangen, das kommt nicht vor. Nicht mehr. Das heißt, sie sind nicht mehr nackt. Aber nackt sein, das ist für ihn Leben. Nackt sein, das heißt seit Adam und Eva: sich schämen und darum unverschämt sein wollen. Nackter als nackt. Immer noch nackter. Scham und sich schämen, das ist ein von Widersprüchen gepeitschtes Gefühl. Also: Für eine Frau nicht mehr nackt sein ist überhaupt nicht mehr nackt sein. Und nicht mehr nackt sein ist ein Todesurteil.

Na und?

Das hab ich verdient. Wer leben will, ist zum Tod verurteilt. Nur wer nicht leben will, darf leben.

Du willst …

Moment noch. Unser Zeitgenosse kommt sich in dieser nichts als fatalen, eben tödlichen Situation reicher vor als je. Er liebt seine Frau. Daran, dass er seine Frau liebt, ist nicht zu zweifeln. Und er liebt diese andere Frau. Wenn seine Frau es will, ist er wieder so arm, wie er war, bevor er diese andere Frau sah. Alles findet statt, wie seine Frau es will. Die Welt ist ein Scheusal, das darauf wartet, dass er einen Fehler macht. Dann schlägt sie zu. Seine Frau hat bis jetzt dafür gesorgt, dass er den Fehler vermied. Die Welt ist der Hai, der zuschnappt, sobald wir bluten. Und jeder Zahn hat einen Namen, den ich nennen könnte.

Einer heißt Augustus.

Heißt keiner Gerda?

Das muss ich hoffen.

Gerda, ich weiß, was ich dir zu verdanken habe. In keiner Sekunde bin ich ohne das, was ich dir zu verdanken habe.

Augustus hört auf. Er erlebt offenbar, was für ihn auf dem Spiel steht. Das führt dazu, dass er plötzlich laut loslacht. Gerda ist irritiert. Und er lässt sein Lachen so plötzlich aufhören, wie es begonnen hat.

Anton Pawlowitsch, der Große! Vor dir, Gerda, muss ich meine uneinschränkbare Tschechow-Verehrung nicht verbergen. Anton Pawlowitsch, der Große, so berichtet Stanislawski – du weißt, der Regisseur, der die Möwe so inszenierte, dass man in London, Paris und Berlin darüber sprach –, Stanislawski berichtet: Tschechow allein war es gegeben, in einem Augenblick zu lachen, wo man es von ihm am wenigsten erwartet hätte. Als Stanislawski das aufschreibt, ist Tschechow schon 24 Jahre tot. Und als dieses immer überraschende Lachen stattfand, war er schon sehr krank. Tb. Ich bin nicht sehr krank. Ich weiß nicht, warum dieses Lachen plötzlich sein muss. Ich glaube, Tschechow hat es auch nicht gewusst. Eine Not. Ein Gefühl aussichtsloser Trostlosigkeit. Mach daraus, was du willst. Käthchen erscheint plötzlich als Kaisertochter. Vorher diese Serie von Misshandlungen. Dann auf einmal nur noch Gelingendes. Eine Glückshäufung! Diese Häufung des Glücks schwebt mir vor. Nur noch Glück zu häufen! Dass wir untergehen in nichts als Glück. Ach, Anton, ach, Heinrich, ach, Gerda. Du machst aus unserem Gespräch ein Casting. Du besetzt mich als Mann. Du bist der Mensch.

Dir genügt es ja, ein Mann zu sein.

Gerda, ohne deine Zustimmung bin ich … nichts. Ich liebe keinen Menschen, wie ich dich liebe. Wir sind in einander verflochten. Wir sind eins. Das ist es überhaupt. Wir sind zu sehr eins. Also haben wir nichts von einander.

Sprüche. Du weißt es, ich weiß es. Ich muss gehen. Ich habe noch einen Beruf. Enrico, siebenundachtzig, Sizilianer, will noch beweisen, dass er ein Nachkomme von Federico Secondo ist, dem Staufen-Kaiser in Palermo, und ich muss dafür sorgen, dass er lebt, bis er das geschafft hat. Seiner Kinder wegen erhebt er Ansprüche an die Hohenstaufen.

Und warum macht es mich fast glücklich, wenn ich wieder mitkriege, dass deine Sekretärin Lydia heißt?

Wie deine Assistentin.

Seit dreizehn Jahren.

Meine seit neun.

Muss das alles zerschlagen werden?

Dann zerschlag's halt nicht, Scheusal.

Ich weiß.

Unmensch.

Oder ein Kind, Gerda! Nichts geben, nur nehmen! Alle sollen meine Eltern sein wollen! Alle sollen sich darum reißen, mich zu verwöhnen!

Sie hält ihm jetzt den Mund zu. Nach jedem Satz, den sie sagt, erneut. Er soll ihr nicht antworten können.

Du bist in Gefahr, Augustus.

Ich müsste dich schützen. Und vermag's nicht.

Nimm mich mit, wohin du gehst.

Dass du für die Nachtschwester der Befreier bist, das musst du doch sehen.

Es spricht nicht gegen sie, wenn du nicht der Erste wärst, mit dem sie's probiert.

Du bist nicht gemeint, Gust.

Sie hat ein Recht, dich zu benützen.

Vielleicht hat sie's schon bei dem und jenem Millionär probiert.

Noch einmal: Sie hat ein Recht hinauszukommen.

Wenn dir das gleichgültig ist, dass sie dich gar nicht meint, nicht meinen kann, da sie ja nicht dich liebt, sondern das, was sie für deinen Ruhm hält, der für sie ein Versprechen ist, eine Aussicht auf Befreiung, wenn dir das recht ist, dann …

… dann soll es so sein. Dann bist du verloren. Adieu.

Sie geht. Geht fast zu schnell.

Gerda!! Typisch! Sie denkt nur an sich. So gleicht sie mir.

Er sinkt zurück aufs Bett, bleibt liegen.

Verloren? Ver-loren?? Was ist denn das für ein Wort? Ver-loren? Was heißt denn das? Ver-loren?!

Dann lacht er plötzlich, wie er gelacht hat, als Gerda noch da war. Dieses Lachen beendet er nicht so unversehens wie das Lachen vorher. Dann nur noch ein Wort. Als müsse er prüfen, was es heißt, wie es gesprochen werden muss.

Nachtschwester.

Er ruft jetzt:

Gerda!

Er ruft, obwohl Gerda längst nicht mehr da ist.

Gerda! Verloren!

Er redet jetzt auf die Tür ein, als wäre sie eine Person, als wäre die Tür Gerda. Er redet, als könne er noch gehört werden.

Um nur die drei Letzten zu nennen! Affären. Immunschwäche der Seele. Was für ein Wörterjahrmarkt! Was für ein Lärm! Das Wirkliche erstickt durch Benennung. Schau, Carla! Ist doch egal, wie wir an einander gerieten. Carla im belächelten Job der Praktikantin. Aber was leistet sie? Sie schmuggelt für eine hochnoble Firma Zeug, das es in der Schweiz noch nicht gibt, über die Grenze. Und das kann sie nur, weil sie eng mit zwei Hunden lebt. Englische, zierliche Wesen. Die sitzen als Beifahrer in ihrem alten VW neben ihr. Die Zöllner sind oder tun jedes Mal verzückt, Carla wird nicht kontrolliert, verdient mit jeder Fahrt fünfhundert. Und ich mache das Gewissensstück Antigone. Carla bezahlt mit Gallenkoliken. Sie hat jedes Mal Angst. Ich war angeblich der Einzige, dem sie es sagen konnte. Affäre! Klar! Immunschwäche der Seele! Die Leidenden sind die wahre Internationale. Und wenn die Ehefrauen dazugehören, dann doch mit dem Unterschied: Sie werden gehegt und verpflegt von der Moral-Industrie. Sie haben das gute Gewissen. Sie sind die besseren Menschen. Sie sind die Opfer. Sagt dir dein Mann. Der Täter. Der mit den Affären. Der es dir übelnähme, wenn er deinetwegen lügen müsste. Empfindungslos. Wenn ich dem Unglück begegne, das ich anrichte. Ich bitte um Empfindungslosigkeit. Ver-loren.

Er legt sich aufs Bett. Hebt seine Arme hoch, dass sich seine Hände finden. So bleibt er liegen.

# 4

Augustus holt aus dem Schrank die eierschalenfarbene Jacke mit dem dunkelgrünen Kragen, die er immer als Regisseur trägt. Dazu den schwarzen Hut, der ihm wie ein Schiff auf dem Kopf sitzt. Ein Schiff mit einem zu großen Bug. Prüft alles. Dann setzt er sich an seinen Tisch, auf dem Papiere liegen, die er jetzt ordnet. Auch dass er auf die Uhr schaut, zeigt, dass er wartet.

Als es klopft, setzt er sofort die Klinikbrille auf und ruft:

Herein.

Herein kommt Lydia. Augustus steht langsam auf, geht ihr langsam entgegen, empfängt sie zärtlich, aber es ist eine eher feierliche Zärtlichkeit. Keine Spur von Temperament.

Als sie sich von einander gelöst haben, betrachtet er sie.

Deine Jeans werden immer besser.

Besser?

Enger! Wo soll man denn da noch hinschauen!

An den Hals.

Sie zeigt auf ihr Kettchen.

Ach, Lydia, wenn ich mich gesünder fühlte, als ich mich fühle, würde ich dir gern Komplimente machen.

Geschenkt, Augustus! Einerseits muss es mich freuen, dich außerhalb des Betts zu sehen, andererseits seh ich dich zu gern im Bett.

Schluss jetzt mit der Süßholzhoblerei. Sag, was Sache ist.

Da kommt zuerst eine Sache, die keine ist und trotzdem eine zu werden droht! Stallhofer …

Natürlich!

Stallhofer wirft Corinna sein Feuerzeug ins Gesicht. In der Kantine. Sie wirft es zurück. Jetzt steht er auf, greift nach ihr, kriegt sie nicht, schlägt aber zu, ihr ins Gesicht, sie schlägt zurück, sie will weg, er tritt ihr in den Weg, mit Polizeigriff biegt er sie unter den Tisch, jetzt heult sie auf, da erst greift unser Dramaturg ein, der schwächliche Hugo, Stallhofer schleudert ihn weg, jetzt wollen alle eingreifen. Auch die da herumsitzenden Techniker. Alle haben das für einen Spaß gehalten. Schauspieler-Spaß, um sich in der Pause ein bisschen abzureagieren. Der Kantinenwirt kommt. Stallhofer wird verwarnt. Kriegt vorerst in der Kantine keinen Alkohol mehr. Und Stallhofer stiert auf die Tischplatte und zischt seinen anderen Spruch durch die Zähne. Hier sind alle viel zu nett zu einander. Davor waren wir im 3. Akt, letzte Szene. Nina hat Trigorin gerade ihre bedingungslose Liebe gestanden, Trigorin ist endlich bewegt, gerührt, überwältigt. Seine Arkadina kann das nicht ertragen. Also Betrug. Er und Nina werden sich in Moskau treffen, im Slawischen Basar. Und jetzt sein Text: Diese herrlichen Augen, dieses unbeschreiblich zärtliche Lächeln ... diese sanften, engelhaften Züge ... Meine Liebste ... Dann steht im Text: Langer Kuss. Vorhang. Stallhofer hat Corinna an beiden Oberarmen im Griff und zieht sie während dieses Textes langsam, aber leidenschaftlich zu sich hin, dass dann der Kuss genau zum Textschluss kommt. Natürlich bringt er den Text so leise, so innig wie möglich. Du kennst die Stallhofer-Devise: Die Dosis macht das Gift.

Seine Paracelsus-Nummer!

Als wir so weit sind, ist er total unzufrieden mit sich. So geht es nicht! Wenn Corinna nicht mehr einsteigt, kann er doch gar nicht reagieren! Einsteigen, Mädchen! Schreit er sie an. Nicht immer an die nächste Modenschau denken! Nina liefert sich aus. Total. Ihr letzter Satz: Ich fahre nach Moskau. Wie Sie. Dort werden wir uns wiedersehen. Sie liefert sich aus!! Aber was du sagst, ist eine Ansage: Der Zug nach Moskau hat eine Stunde Verspätung! Jetzt greife ich ein. Erkläre den beiden: Sie treffen sich im Slawischen Basar. In Tschechows schönster Erzählung, Die Dame mit dem Hündchen, trifft sich das Paar, beide verheiratet, auch im Slawischen Basar. Das muss also in der besseren Gesellschaft das Quartier für Ehebruch gewesen sein. Dass Trigorin das vorschlägt, heißt für Nina schon einmal: Er macht jetzt mit. Das hat sie erreicht. Also muss er sie nicht mehr packen und an sich ziehen, er kann sie genießen, wie man einen Erfolg genießt. Aber Stallhofer hört mir gar nicht mehr zu. Er schreit: Die Dosis macht das Gift, ich brauch eine Pause.

Also in die Kantine. Und da wirft er ihr das Feuerzeug ins Gesicht. Dann die furchtbare Szene.

Und dann?

Es ging nichts mehr. Ich sagte an, dass wir morgen gleich mit dem 4. Akt beginnen. So, als sei das Problem des 3. Aktes gelöst.

Ist es doch, Lydia. Nichts ist so problemlos, so zwingend wie dieser Aktschluss. Trigorin, ewig damit beschäftigt, schweres Schicksal in kleine Notizen zu verwandeln, ist erledigt. In dieser Szene hat ihn endlich Ninas Liebe erreicht, überwältigt, er ist hin. Aber er ist nicht frei. Also muss er seiner Lebensgefährtin, Arkadina, gestehen, dass er Nina liebt, und muss sie bitten: Gib mich frei. Er gesteht: Was er jetzt erlebt, hat er noch nie erlebt. Aber Arkadina fällt auf die Knie und so weiter, die ganze Gestik der besitzergreifenden, machtausübenden Verzweiflung. Und als alles nichts bringt, die Wunderwaffe: Sie ist die Einzige. Ich allein sage dir die Wahrheit. Du gehörst mir. So von ihr aufgebaut, erlebt Trigorin, dass er ein Schwächling ist, ein Waschlappen. Er wird also mit der Arkadina abfahren. Und da, ihr Triumph: Sie fährt allein voraus, er kann ruhig noch eine Woche bleiben. Jetzt seine totale Unterwerfung: Nein, fahren wir zusammen. Arkadina verlässt die Szene als Siegerin, Auftritt Nina. Und jetzt die Verabredung: Nehmen Sie sich ein Zimmer im Slawischen Basar. Das einzige Mal im ganzen Stück, dass eine Liebe sozusagen glückt. Von beiden. Und da bleibt nur der Betrug. Das Normalste des Normalen: der Betrug. Jetzt also lehnt sie sich an seine Brust, jetzt sagt er: Diese herrlichen Augen, dieses zierliche Lächeln ... Das ist doch ein Text wie aus einem anderen Stück. Der Schwächling, der Waschlappen, sagt den Text so, dass das jeder hört: ein Möchtegern-Text. So leidenschaftlich wie eine alte Schallplatte. Da soll Stallhofer wagen, sie leidenschaftlich an sich zu ziehen! Und das Feuerzeug ins Gesicht, glaub mir, da reagiert er nur darauf, dass Corinna zur ersten Leseprobe etwas anhatte aus leichter weißer Baumwolle, unter der die dunklen Brustwarzen durchschimmerten wie eine unheimliche Drohung.

Männerphantasien!

Sonst noch was?

Corinna ist jetzt ... Sie kommt heute Abend zu mir. Tatsächlich war sie heute nicht gut drauf. Ich habe mit ihr nachher noch gesprochen. Sie hat es selber auch gemerkt. Sie hat eine furchtbare Nacht hinter sich. Bärbel Scher, ihre Kollegin und Freundin, hat sich mit einem Rasiermesser das Gesicht zerschnitten. Ihr Freund hat sie verlassen. Kommentarlos. Dann hat Corinna Bärbels Mutter angerufen. Dann haben Bärbel und ihre Mutter den Rest der Nacht bei Corinna verbracht. Und Corinna musste heute im Theater sagen: Bärbel habe einen Autounfall gehabt. Und um zehn dann zur Probe. Und dann Stallhofer, der ihre Schwäche merkt und glaubt, er muss jetzt Stärke zeigen. Sowieso tönt er, sobald es ein Problem gibt: Hier sind alle viel zu nett zu einander. Das kann ja nicht gut gehen! Das ist meine Schuld, dass alle so nett sind zu einander. Augustus, der Schuft hat meinen schwächsten Punkt entdeckt und haut jetzt voll drauf. Vielleicht muss ich auch aussteigen. Kapitulieren. Ich bin einfach kein Regisseur!

Kein Mensch ist ein Regisseur! Den Regisseur muss man spielen. Wie eine andere Rolle auch. Glaubst du, ich sei ein Regisseur? Ich bin der, der am meisten darauf angewiesen ist, dass kein Mensch merkt, dass ich kein Regisseur bin. Ich liebe Stücke. Ich liebe Tschechow.

Er lacht los, wie er bei Gerda gelacht hat.

Hab ich bei Anton dem Großen gelernt.

Was?

Dieses Lachen.

Das könnte ich nicht.

Was?

In einer solchen Situation so lachen.

Du kannst ganz was anderes.

Sag mir, bitte, was ich kann.

Du kannst mir den augenblicklichen Zustand der Inszenierung so darstellen, dass ich ergriffen werde und dann weitermachen kann, als hätte ich alles selber erlebt. Das heißt, du wirst allen Personen, über die du berichtest, gerecht, Lydia. Und dann noch, wie du die Szene herbeiholst. Wie du diesen Szenenschluss entstehen lässt, dass es überhaupt kein Problem mehr gibt, wie er gespielt werden muss ... diese sanften, engelhaften Züge ... Meine Liebste ... Langer Kuss.

Ich gestehe, ich habe darauf gewartet, dass wir den Szenenschluss probieren. Und enden mit dem langen Kuss.

Es kommt tatsächlich zu einer Zärtlichkeit. Aber

nicht zu einem Kuss. Wie sie jetzt ihren Kopf an seine Brust gelegt hat, das ist mehr als jeder Kuss.

Und wenn ich ein Regisseur bin, bist du eine Regisseurin, Lydia. Du weißt, das zu beurteilen schlägt in mein Fach.

Jetzt küsst sie schnell hinauf zu ihm.

Lydi, nicht aus der Rolle fallen.

Sie löst sich von ihm.

Ich fürchte, Stallhofer wird weiter Terror machen, bis er sie so weit hat, dass sie aufgibt. Er hat Alkoholprobleme, das wird immer deutlicher.

Endlich! Ich will nicht sagen, darauf habe ich gewartet. Du kennst meinen Satz: Am Abend bringt Kurtchen immer alles. Kurtchen war Alkoholiker! Ein Genie der Glaubhaftigkeit. Du wirst sehen, Stallhofer wächst über sich hinaus. Wenn der Alkohol ihn schwächt.

Bei Stallhofer hat der Alkohol keine Chance.

Weißt du, was Kurtchen immer sagte, wenn die Schauspieler anfingen, Bekenntnisse abzuliefern? Möglichst wenig schädlich sein. Das sei seine einzige Devise beim Spiel: Möglichst wenig schädlich sein!

Sag das einmal Stallhofer.

Und ob ich ihm das sage. Und bald. Ich bin geheilt. Leider. Muss ich sagen. Ab Montag steh ich wieder auf der Bühne. Das kannst du morgen verkünden. Oder besser, sag es noch nicht. Arbeite ruhig weiter wie bisher.

Stallhofer wird jetzt bei jeder Nina-Stelle beweisen wollen, dass er Corinna das Feuerzeug mit Recht ins Gesicht geworfen hat.

Also: Mach Corinna stark! Übrigens noch eine Stallhofer-Stelle. Sein großer Bekenntnismonolog im 2. Akt. Wo er Ninas heißer Bewunderung das Realporträt eines Berühmten entgegenhält und schließt: Eigentlich bin ich doch nur ein Landschaftsschilderer, alles andere ist verlogen, verlogen bis ins Mark. Lydia, dafür das endgültige Arrangement. Glaubhaft wird das nur, wenn er sich für diesen Schluss von Nina wegdreht, sie überhaupt verlässt und nach vorne an die Rampe geht und das Publikum behandelt als eine Versammlung von Leuten, die zugehört haben, wie er das Für und Wider des Berühmtseins geschildert hat, und an die wendet er sich zum Schluss ganz direkt und sagt ihnen den entscheidenden Satz: Eigentlich bin ich doch nur ein Landschaftsschilderer, alles andere ist verlogen ... da grinst er, sodass jeder sieht und hört, so was kann man gar nicht ernst meinen, wenn ich so weit gehe und gestehe: Verlogen bis ins Mark, dann muss ich doch selber grinsen, also darauf hinweisen, wie eitel es ist, so etwas zu gestehen. Verstehst du: Da darf kein Hauch Überredungswille mehr sein, kein bisschen Lust, noch jemanden von etwas oder von sich zu überzeugen. Von mir aus kann er sprechen, wie ein Nachrichtensprecher sprechen konnte, als das Fernsehen noch nicht aus Nachrichtensprechern schlechte Schauspieler machte. Nur eine Nachricht, sonst nichts.

Ob Stallhofer das mitmacht? Er wird sagen: Wenn er das so sagt, dann reagiert Nina mit Recht unüberzeugt.

Verlang's. Zur Rampe. Grinsen oder Ansageton. Was ihm lieber ist. Mir wäre Grinsen lieber. Übrigens, Lydia, ich werde heimgesucht von Vorstellungen, von schrecklichen Vorstellungen. Dass jede Figur im Stück den liebt, der einen oder eine andere liebt, ist uns klar geworden. Und das Abgewiesenwerden nützt gar nichts. Jede Figur setzt, wenn sie wieder dran ist, den Unglückstext vom letzten Auftritt einfach fort. Das heißt: Es ist immer schon alles entschieden. Die Personen kommen nur noch auf die Bühne, um davon zu erzählen. Das könnten wir erlebbar machen, wenn wir alle Szenen zwar jedes Mal realistisch als Dialogszenen beginnen ließen, aber dann lösen sich die Figuren, sprechen ihren Text nur noch nach vorne, zum Publikum hin. Manchmal könnte man dann durchaus auch zwei Figuren gleichzeitig sprechen lassen. Man weiß ja längst, was sie sagen und dass, was sie sagen, zu nichts führt.

Das ist Oper, Augustus.

Na und! Bitte, horch, die Gutsverwaltersfrau Polina Andrejewna, die nicht ihren Mann, sondern nur Dr. Dorn, den Arzt, liebt. Und singt: Die Zeit vergeht, wir werden nicht jünger. Wenigstens im Alter sollten wir uns nicht mehr verstecken müssen, nicht mehr lügen. Und gleichzeitig, Dr. Dorn: Ich bin fünfundfünfzig. Das ist zu spät, um sein Leben zu ändern. Und sie, gleichzeitig: Ich weiß, warum sie mich abweisen. Und so weiter. Schicksalssätze sind keine Dialogsätze mehr. Sie können nichts mehr bewirken. Sie drücken nur noch aus, wie das ist: unglücklich sein.

Und das als Komödie!

Richtig, Lydia, das als Komödie! Das IST die Komödie schlechthin, dass du nur deinen Text hast, nur deinen Text sagen kannst und weißt: Es bringt überhaupt nichts. Wenn das nicht komisch ist!

Und das ohne Musik!

Aber vielleicht entsteht da etwas Musikhaftes, wenn wir aus den Texten Arien oder Rezitative machen.

Damit warten wir, bis du wieder auf der Bühne stehst.

Hier sind alle viel zu nett mit einander! Stallhofer hat recht. Übrigens den sensationell konkreten Satz, dass sie sich in Moskau im Slawischen Basar treffen, den muss er sagen, als sage er, was für eine Unterwäsche Nina bei diesem Treffen tragen soll.

Du Superrealist! Und hast keine Ahnung, dass ich, bevor ich zu dir pilgere, hin und her überlege, was für eine Unterwäsche ich anziehen soll. Und weiß doch, dass wir nicht mehr, nie mehr ins Bett kommen werden.

Darum sind wir das richtige Team für die Möwe. Die Liebe für nichts! Das ist die Liebe als solche. Adieu.

Gesten eines zärtlichen, aber temperaturlosen Abschieds.

Bevor sie geht, zeigt sie noch auf einen Brief, den sie auf den Tisch gelegt hat.

Für dich eingetroffen. Aus Amerika.

Sie holt den Brief, gibt ihn Augustus. Er küsst ihr die Hand. Dann geht sie.

# 5

Augustus öffnet den Brief und liest ihn sich vor. Er muss immer, wenn er etwas liest, mit dem Mund lesen. Sogar wenn er nicht laut liest: Der Mund muss aussprechen, was er liest.

Lieber Augustus Herzensfreund,
dass ich gelebt habe davon, dass andere mich wahrgenommen haben! Jetzt ist Schluss. Mit diesem Scheinleben. Aber mitteilen muss ich es doch noch. Und dann auch noch gleich Dir, dem einzigen Menschen, den ich Herzensfreund nennen kann. Große Worte. Ich bin eben allein. Ich komme mir vor wie ein ungeheurer Hallraum. Selbst Wörter, die ich nur denke, hallen noch nach. Nicht laut, aber lang. Noch bin ich allein. Du bist die einzige Adresse, die ich bedienen muss. Und tu's sogar gern. Oder soll ich sagen: Wenn man keinen Freund mehr hat, hat man schon zu lange gelebt. Eine Zeit lang halten es einige aus mit einem. Aber je länger eine Freundschaft besteht, desto weniger Anlass hat sie. Es ist, als verbrauche sich der Freundschaftsstoff im Lauf der Zeit. Oder soll

man sagen: Je genauer man einen anderen Menschen kennenlernt, desto weniger kann man mit ihm befreundet sein? Freundschaft, von allen Einbildungen die schönste. Wenn sie erlischt, könnte es einen frieren. Man selber würde noch an der Illusion festhalten, man tue alles, den Freund nicht merken zu lassen, dass man die Freundschaft über ihren Anlass hinaus eigensinnig, unbelehrbar weiter produziere, man ist schöpferisch, und dann merkt man am Freund, dass es dem noch viel mehr Mühe macht als einem selbst, die Freundschaft aufrecht zu erhalten. Zwei Freunde, die einander nicht sagen können, dass sie keine mehr sind, das ist das elendeste Verhältnis überhaupt. Es ist ein ganz genaues Bild des Todes. Wie überirdisch schön dagegen vor Jahren mein Freund Helu, Pfarrer von Beruf, wenn er anrief: Es ist niemand gestorben, ich kann kommen.

Muss ich dir sagen, was du ohnehin weißt? Dass ich in Starnberg nicht bleiben konnte. Dass es mich gleich bis nach Chestertown wirft, hat mich selber überrascht. Chestertown ist, glaube ich, gleich weit von Washington und Baltimore. CONDEMNED stand vorgestern an einem Slumhäuschen. Ich fühlte mich natürlich angesprochen. Heute war da nur noch frisch umgegrabener Boden.

Die steinschweren Vorhänge meines Zimmers müssen geschlossen sein. Jeder, der vorbeikommt, hätte sofort einen vollkommenen Überblick über das Zimmer. Man läge z. B. direkt vor ihm im Bett. Zöge sich direkt vor seinen Augen an. Nur in der Nasszelle könnte man sich verbergen. Aber bei geschlossenen Vorhängen ist man wirklich bei sich. Man muss an keinem Portier vorbei. Man hat bezahlt. Jeden Tag gegen elf kommt die Schwarze, die das Zimmer machen will. Das könnte man auch noch abbestellen. Aber so lange kann man ja zu Smiley's fahren. Irgendwas Totes zum Frühstück. Es gibt keine Orangen oder so was. Dafür 24 Stunden: NOW OPEN. Etwas zu Tode Paniertes ist immer da. Ein Kaffee so flau wie bei der Großmutter, wenn sie sparen musste. Und die Viertelmeile mit dem Auto. Außer schwarzen Kindern geht hier niemand zu Fuß. Jimmy, mein Hotelier bzw. Motelier, hat schon am 2. Tag gesagt: No car, no being. Er hat mir einen Ford Mercury Marquis besorgt, 1800 Dollar. Mit Zulassung etc. Jimmy hat 20 Jahre army hinter sich, davon 9 Jahre in Germany. Wenn er mit etwas nicht einverstanden ist, sagt er: Quatsch, as the Germans say.

Ein Regentag im Dezember, im Motel in Chestertown, Maryland, Augustus!

No topic, no subject, nothing which you could call an issue.

Es würgt mich, als möchte etwas heraus. Aber leerer kann nichts sein als meine Seele. Der Äußerungsdrang ist phantomhaft. Weil ich dir meine Verbannung mitteilen *muss* (!!!), schreib ich Dir. Der neue Lamy erlaubt nur langsame Schreibbewegungen. Ich soll sorgfältig sein. Ich werde aber nervös, wenn ich den Satz längst weiß, und die Tinte kommt nicht nach.

Mit Berti bin ich täglich in Verbindung. Gefühlsroutine. Und weil Berti unter allen Umständen lustig ist. Und von mir nicht verlangt, dass ich's auch sei. Sobald man den Hund hört, weiß man, dass das zu dieser Stille gefehlt hat. Es tropft allerdings laut im Zimmer. Aber immer neben das Bett. Und ich kann froh sein, dass ich es hierher geschafft habe. Einen liebenswürdigeren Beherberger als Jimmy gibt es nicht. Frau Dr. Susan Ferner wollte mich sofort in ihrem Haus unterbringen. Ich habe mich erfolgreich gewehrt. 14 Tage Motel, dann, wenn ich will, 14 Tage White Swan, dann, oder schon vorher, ein eigenes Backstein-Häuschen in der Riverview Road.

Es könnte doch sein, dass es genügt zu hören, wie der Regen fällt. Dumpf fällt er auf und rinnt dann heller weg.

Ich habe einen Job. Am Smith College. Und soll immer dazu sagen, dass es nicht das berühmte Smith College in Northampton, MA, ist, sondern eben das ganz unberühmte in Maryland. Mir fällt die Wahrheit leicht genug. Ich bin nicht mehr so lebendig, dass ich noch lügen könnte. Dem Schwachen bleibt nur die Wahrheit. Dass es mit Ursula nicht mehr ging, hab ich Dir noch gefunkt. Wie, lieber Augustus, und wann führst Du das auf? Im Klübbche war einer, der mich verriet. Egal, wer es war. Er hat es geschafft. Ich war also selten im Schach-Club, fast immer im Schwulen-Treff. So nannte Ursula dann das Klübbche. Berti und ich waren dort ein Paar, von mir als Alcibiades und Sokrates annonciert, dort aber durch den Physiker da Vinci Mr. Konvex und Mr. Konkav genannt. Dass ich konkav bin, stimmt ja. Und Berti zelebriert seine Rundlichkeit immer mit Genuss. Und das alles erreicht endlich sein Ziel: Ursula! Augustus, das ist Weltgeschichte. Wie gesagt, ich bin zum Leugnen längst zu schwach. Das Entweder-Oder-Theater. Tag und Nacht. Du kannst nur EINER Herrin dienen! Die Leute lachen schon über uns! Und so weiter. Tatsächlich habe ich es, wie die Juden sagen würden, einem von unsere Leit zu verdanken, dass ich zur Skandalvermeidung schnell expediert wurde. Bis nach Chestertown. Meine Töchter brennen Feuerwerke der Verachtung ab. Ursula zelebriert die Betrogene und gibt sich endgültig geschieden. Vorher nie etwas gemerkt. 24 Jahre lang hat ihr nichts gefehlt! 24 Jahre sozusagen glückliche Ehe! Ein rundherum beneidetes Paar! Ich habe das Doppelleben aus Liebe geleistet. Was mich das gekostet hat. Lebenskraft. Seelenkraft. Jede Sekunde gespalten. Unfrieden durch und durch. Nie ganz, wo du jeweils warst. Und jetzt: ein entlarvter Betrüger.

Die Ehe bleibt, was sie immer war: das Kunstwerk der Verheimlichung.

Ich war zu wenig Künstler! Also entlarvbar!

Berti kommt nach. Das habe ich erreicht. Einen Porsche-Ingenieur aus Deutschland nimmt die hiesige Porsche-Filiale unbesehen. Ich habe vorerst einen Job als native speaker. Im nächsten Semester darf ich lehren. Sie tun sogar so, als sei ich ein Gewinn für sie. Ich habe angekündigt, dass ich das Smith College in Chestertown, Maryland, zum globalen Zentrum für die Philosophie Platons machen werde. Ich habe versprochen: Es wird von hier eine Kraft ausgehen, die um den ganzen Globus herum zu spüren sein wird als Anziehungskraft! Gestern, als ich bei Smiley's ausstieg, blieb eine blond lodernde Studentin stehen und sagte: You don't happen to be Professor Port? Und weil hier auch die flüchtigste Konversationsfrage nicht mit einem Ja oder Nein beantwortet werden darf, weil auch die flüchtigste Frage ein Sprungbrett ist, um durch die Antwort zu zeigen, wie sehr einen die Frage hochbringt, hätte ich sagen können: I candidly admit. Aber weil mir das zu wenig war, sagte ich: If you don't mind. Ob das das sagte, was ich meinte? Eigentlich hätte ich sagen sollen: Bin ich nicht, aber ich heiße so. Es ist nicht das Englisch, was mir Schwierigkeiten bereitet. Überhaupt das Sprechen. Das Noch-Sprechen. Ich habe das Gefühl, jede Sprache sei eine Fremdsprache. Und Schweigen? Das ist das Paradies, aus dem wir vertrieben sind.

Es passt, dass mich Platon gerettet hat. Bekannt genug ist das Washington College, das hier den Hügel krönt. Von Washington selbst gegründet. Und zum Rechte-Doktor hat er sich dort auch gleich machen lassen. Und von Washington nach Philadelphia sei er immer über Chestertown gefahren. Jetzt aber Jonathan Smith, Kind einer reichen Baltimore-Familie, aber ein Tunichtgut. Also verbannt nach Chestertown. Ihm gehört hier alles. Die Schwarzen in den Slum-Häuschen zahlen die Miete an ihn. Er besitzt so viel Land, heißt es, dass er auf eigenem Grund ins nächste County reiten kann. Im Süden gehören ihm auf 200 acres 3000 holly trees. Stechpalmen, deren rote Früchte jetzt zu jeder Weihnachtsdekoration verkauft werden. Und Crop sharing hat er organisiert. Und verheiratet ist er mit einer Chicano. Und 84 ist er. Und hat einmal bei den Jesuiten studiert. In Poona. Wo das wohl ist?

Geblieben aber ist die Platon-Verehrung! Darum hat er das College gegründet. Forschungsschwerpunkt: Platon. Er interessiert sich nur noch für Plato, heißt es. Er will in seinem Schloss am Fluss nichts mehr sehen, nichts mehr hören, nichts mehr lesen, was nicht mit Platon zu tun hat. Alles, was in der Welt über Platon erscheint, ist hier versammelt. Also ich auch. Meine Habilitation *Platon. Die Philosophie der direkten Rede* ist hier, ins Englische übersetzt. Und mein Retter in München war hier schon Gastprofessor und hat mich, als die Not deutlich genug wurde, hierher empfohlen als einen outstanding Platon-Experten. Wahr ist, dass ich, je älter ich werde, umso deutlicher erlebe, wie sehr ich auf Platon angewiesen bin.

Lieber Augustus, Du hast meine Habil-Schrift nicht lesen können, klar, obwohl Dir der Titel hätte etwas sagen müssen. Direkte Rede! Platon hat als Erster Schluss gemacht mit dem Darüberschreiben.

Direkte Rede! Rede und Widerrede! Spruch und Widerspruch! Anstatt die Tonart des jeden Widerspruch erstickenden monologisch-monomanen Behauptens fortzusetzen.

Platon, das ist die Vielstimmigkeit selbst. Erst er hat den Dialog ins Denken gebracht, Augustus! Die direkte Rede! Und ich habe zum Glück gerade noch bei dem großen Karl Barth gelesen, er habe nie ÜBER Paulus geschrieben, sondern immer MIT ihm. Das möchte ich auch. Nicht über Platon schreiben, sondern MIT ihm! Ich habe angekündigt für mein erstes Semester: Platons Leidenschaft für die Verwirklichung. Im Licht unserer Geschichte.

Ich lasse Nietzsche formulieren: «Plato war der fleischgewordene Wunsch, der höchste philosophische Gesetzgeber und Staatengründer zu werden; er scheint schrecklich an der Nichterfüllung seines Wesens gelitten zu haben, und seine Seele wurde gegen sein Ende hin voll der schwärzesten Galle.» Dreimal reiste er, um das Seine wirklich werden zu lassen, nach Sizilien. Unser Heidegger fuhr einmal nach Berlin! Auch ich habe, je mehr mich die Wirklichkeit stranguliert, dieses Bedürfnis, praktisch zu werden!

Auf jeden Fall, lieber Augustus, die Philosophie der direkten Rede! Ich will auch mit mir selbst nur noch im Dialog verkehren. Ich will den Freiheitsjubel hier spürbar machen, der im platonischen Dialog entsteht durch Rede und Gegenrede.

Ich sollte glücklich sein, dass mein Doppelleben

zertrümmert ist. Das passt zu meinem beruflichen Schicksal in einem Vaterland, in dem die Philosophie eine Kunst der Inhaltslosigkeit geworden ist. Inhaltslos, aber mit Tendenz. Dafür überhäufen sie einander mit Ehren und Preisen. Je komplizierter sich die tendenzgetränkte Inhaltslosigkeit aufführt, umso höher wird sie geehrt. Wäre es meine Pflicht, diese Behauptungspraxis ohne Lust auf Selbstwiderlegung zu durchleuchten?

Nein, ich will die Kraft spürbar machen, die entsteht durch Rede und Gegenrede. Auch wenn ich mir selber mehr widersprechen muss, als akademisch erträglich ist. Dann soll von mir aus denkbar werden, dass recht zu haben ein eher bescheidener Bewusstseinszustand ist. Wahrscheinlich nur eine Art unfeiner Herrschsucht.

Soll ich mir gerettet vorkommen? Halbiert, aber gerettet?

Ich liebe Ursula. Ich habe sie nie ohne Liebe gevögelt. Allerdings nie mit jener Gier, die Berti in mir weckt. Ein Vorfahr von mir war in Platen verliebt. August Graf von. Er existiert in der Literaturgeschichte nur noch, weil sich Heine über ihn als Schwulen lustig gemacht hat. Und in Kennern echot sein Satz: Wer die Schönheit angeschaut mit Augen. Mein Vorfahr hat Platens Gedichte ins Lateinische übersetzt. Das kann nur Liebe gewesen sein. Oder Hochmut. Er wollte Platen retten vor der Verachtung der Ignoranten. Sogar drucken ließ er seinen lateinischen Platen. Unter dem doch erstaunlichen Titel: Luxus. Das Büchlein hab ich noch.

Immer wenn mir mein Hochmut in den Sinn kommt, flüchte ich mich zu meinem an Platen verlorenen Vorfahren. Dass ich hochmütig bin, weiß ich, auch ohne dass es mir gesagt wird. Berti sagt es mir am deutlichsten. Er mag es, dass ich hochmütig bin. Auf Kritik reagiere ich immer übermäßig gereizt. Ich merke, dass ich mich nicht beherrschen kann. Und es ist mir egal. Nur Ursula gegenüber war ich nie hochmütig. Ich bewunderte sie immer. Was für eine Anwältin! Ich war immer stolz auf sie. Ich habe außer ihr keinen Menschen angebetet. Ich habe als Bertis Mann immer darunter gelitten, dass Ursula mir fehlte, wenn ich bei Berti war. Ich habe mein Glück mit Berti immer als ein halbiertes Glück erlebt. Das volle Glück wäre es gewesen: Ursula, Berti und ich! Dahin führt unter unseren Umständen kein Weg. Da es jetzt schon gar nicht mehr denkbar ist, bemerke ich, dass ich immer zugelebt habe auf diesen Zustand: Ursula, Berti und ich. Wie auf eine Utopie. Mein Gott, ich war immer verliebt. In Männer und in Frauen bzw. in Buben und in Mädchen. Jeder und jedes konnte mich in Begeisterung stürzen. Bis ich das auseinanderhalten konnte, war es zu spät. Wahrscheinlich bin ich ein Anachronismus. Auf jeden Fall bin ich unter den jetzt bei uns geltenden Liebesvorschriften unmöglich oder verurteilt oder einfach illegitim. Illegitimität sei ein anderes Wort für Depression. Irgendwo gelesen. Und trotz meiner nahezu prinzipiell illegitimen Lebensart hatte ich keinen Mut, etwas Unrechtes zu tun. Vielleicht gehört sich das so: Je illegitimer, umso legaler. Das müsste jetzt nachlassen, da ich mich doch moralisch einer einwandfreien Existenz nähere.

Jemand, der sich durchsetzen kann, hätte das vielleicht geschafft: Ursula, Berti und ich.

Ich habe im Klübbche nicht geschafft, dass Berti und ich als Alcibiades und Sokrates figurieren konnten. Der Physiker nannte uns Mr. Konvex und Mr. Konkav, und sofort hießen wir so. Das hat auch mich beeindruckt. Sogar Berti war lieber Mr. Konvex als der Perikles-Neffe Alcibiades. Es hat ihn nie interessiert, warum ich ihn gern als Alcibiades gehabt hätte. Vorlaut ist er, sprunghaft, auftrumpfend, rechthaberisch bis zum Grotesken. Das heißt: rechthaberisch immer nur zum Spaß. Nie im Ernst. Kindisch und kein bisschen kindlich. Das ist Berti. Das war Alcibiades. Und Sokrates hatte keine Chance, ihn zu erziehen. Das wollte ich durch diese Namenswahl gestehen. Nehmt mir Berti nicht übel. Ich habe auch keine Macht über ihn. Aber das Klübbche ist das Gegenteil einer Akademie. Ich hätte ihnen gern Platons *Gastmahl* vorgelesen. Wenigstens die Stelle, wo erzählt wird, wie Sokrates und Alcibiades eine Nacht verbringen.

Wie verloren ich immer war, habe ich nicht geahnt, weil ich mir die Tatsächlichkeit dessen, was gegen mich jederzeit in Gang gesetzt werden konnte, überhaupt nicht habe vorstellen können. Auch die schlimmste Vorstellung dessen, was einem passieren kann, ist, verglichen mit der Wirklichkeit, eine romantische Verklärung. Wir sehen uns immer auf eine opernhafte oder trivial-edle Art erledigt. In Wirklichkeit werden wir von faserechten, wunderbar überlegenen, unverdrossenen, hochmoralischen Spezialisten erledigt. Soweit ich mich in meinem Doppelleben als Verbrecher fühlen musste, kann ich sagen: Die Magengegend ist am empfindlichsten. Herz und Kopf sind beschwerdefrei bzw. werden nur durch die Magenkrämpfe gelegentlich irritiert. Der Magen ist wirklich sehr empfindlich beim Verbrecher. Der Verbrecher dürfte eigentlich gar keinen Magen haben. Die Schleimhaut wahrscheinlich. Ewig ist sie entzündet. Immer dieser Druck. Dieses aufreibende Reiben. Und dann dieses Brennen den Schlund herauf.

Erinnerst du dich noch, dass ich manchmal gesagt habe, das Leben sei ein Western? Und wie das belächelt wurde. Und genau von denen, die das Westernprinzip betreiben. Ich habe auf jeden Fall die größtmögliche Verlassenheit erlebt. Auf den alles rettenden Schuss warte ich heute noch.

Bleiben wir ein wenig in der Sonne. Lachen wir leise nachts. Das Kreischen haben wir erfunden. Seit dem sehnen wir uns nach der Stille. Wir sind eine widerspruchsvolle Art.

Einmal sagte Ursula: Du kannst mich nicht auf hundert bringen und dann liegen lassen, das ist ein Verbrechen. Dieser Satz hat mein Leben verändert.

Ich kann sagen, dass ich im Frauendienst bis zur Erschöpfung tätig war. Ich hielt es für das Schlimmste, eine Frau zu enttäuschen. Und träumte in der letzten Nacht, lieber Herzensfreund, von Frauen mit Bärten jeder Art. Und war erfüllt von dem Gefühl, dass das jetzt das Neue, das Schöne ist, Frauen mit Bärten. Und doch noch die Ahnung, dass Frauen mit Bärten im Nachteil sein könnten. Da kamen wohl meine zwei Töchter vor.

Dass Berti jetzt seine von ihm beherrschte Gegend verlässt und zu mir herüberkommt, ist mehr als rührend. Es ist ein Liebesbeweis, den ich von einem Tausendsassa nicht erwartet habe. Wenn Ursula das erfährt – und sie erfährt, wie ich jetzt weiß, immer alles über mich –, dann wird sie sich bestätigt finden. Sie hat sich sicher über Berti erkundigt, und was sie erfahren hat, bestärkt sie darin: Armer Hans Georg, du kannst mir nur noch leidtun! Unsere vierundzwanzig Jahre waren ein Irrtum! Die zwei Töchter hat sie, wie sich jetzt an deren Verachtungspotenz herausstellt, gerade noch an diesem Desaster vorbeierziehen können. Das Klübbche hat sie in unseren Streit-Tiraden nur Schwulen-Treff genannt. Ich ahne, wer zu irgend einer Schwägerin geplaudert hat, dass die dann einem Cousin, der mit einer Freundin Ursulas zusammenarbeitet, anvertrauen musste, es gebe einen Schwulen-Treff usw. Vor allem den Betrug nimmt sie übel. Schach-Club! Und in Wirklichkeit: Schwulen-Treff!

Warum wird der Betrug immer dem Betrüger übelgenommen anstatt dem Umstand, der diesen Betrug erzwungen hat? Nämlich der ganzen Kultur, die Menschen so erzieht, dass sie privat herrschen müssen, wie in der Politik, in der Gesellschaft schon längst niemand mehr herrschen darf: nämlich absolut. Alles, was mit Mono beginnt, beweist das zur Genüge. So rede ich mich heraus.

Ich bin einundfünfzig. Aber ich will es nicht noch einmal wissen. Menschliche Beziehungen sind immer zuerst Ansprüche. Was mich mit Berti verbindet, ist ein Anspruch. Berti ist der einzige Mensch, der mir entspricht. Was mich verletzbar macht, das waren immer meine Ansprüche. Und nur meine Ansprüche machen mich hochmütig. Ich glaube, ich müsse über meine Ansprüche nicht mit mir verhandeln lassen. Die Welt habe gefälligst meine Ansprüche zu erfüllen. Wenn nicht, dann weiß ich, was ich von der Welt zu halten habe.

Mein halbes Leben ist daran gescheitert, dass eine Frau einen Herrschaftsanspruch hat, der unter allen Umständen unerfüllbar bleibt. Ich beanspruche, dass über meinen Wert mit mir nicht zu verhandeln ist. Dass ich allein zuständig bin, wenn es um die Einschätzung meiner Person geht. Ich bin wahrscheinlich nicht anders als Ursula. Ihr Anspruch ist: sie einzig und allein. Ich habe ihr den plappersüchtigen, vorlauten, nie ernstzunehmenden Berti geschildert. Ich habe ihr vorgeschlagen, Berti kennenzulernen. Sie kriegte Frostanfälle. Ich habe ihr gesagt, dass mein Leben mit ihr erfüllt war von einhunderttausend Zärtlichkeiten. Dass meine Gefühle für sie immer mühelos waren. Hell. Schwebend. Schmeichelnd. Unersättlich in der Hingabe. Und das alles erlebt sie nicht mehr, weil es das rundlich-muskulöse Stehaufmännchen Berti gibt. Der mich erlöst aus allen Unsicherheiten, die mich ausmachen.

So rede ich mich heraus. Und glaube mir nicht, was ich sage. Verglichen mit Ursula ist Berti ein Zwerg. Eine Lachnummer. Eine liebe Lachnummer. Ursulas Wesen ist, ich muss es sagen, gewaltig. Schau, ich habe heute Nacht wieder von Eli geträumt. Erinnerst Du Dich? Er ist mir wieder erschienen. Allerdings fast unsichtbar diesmal. Wir standen alle fühlbar nahe bei einander im Dunkel, Ursula, Ruth, Judith und ich. Vielleicht noch andere. Ich war nur an Eli interessiert. Ich griff nach ihm. Gleichzeitig schimpfte ich grob. Ursula hatte gesagt, sie hätten leider vergessen, die Glühbirnen auszuwechseln. Nicht einmal das Einfachste geht hier noch, Glühbirnen einzuschrauben, die Licht geben! Schrie ich. Und griff und griff nach Eli und an ihm nur an die Stelle, auf die es mir ankam, sein Geschlechtsteil. Und erreichte es auch. Und bei der leisesten Berührung: aus der Traum.

Lieber Augustus, so wirkt nach, was vor über zwanzig Jahren angefangen hat. Ich teile Dir das mit, weil da – und das ist für Dich so wichtig wie für mich –, weil da deutlich wird, wie sehr die Seele vom Körper lebt. Immer wieder erscheint mir Eli im Traum.

Der erste Eli-Traum ereignete sich vor über zwanzig Jahren in Haifa. Es war unsere Hochzeitsreise. Die führte nach Israel. Auch zu Ursulas älterer Schwester Ilse, die seit 10 Jahren dort lebte, übergetreten war zum jüdischen Glauben, Hebräisch gelernt und einen anderen Namen angenommen hatte und dort als Yael, in Tel Aviv, Touristen führte. Yad Vashem zum Beispiel. Ursula bewundert Ilse.

*Geständnis* hatte ihr Vater überschrieben, was er hinterlassen hatte. Ich durfte das nicht lesen. Aber dass Ursula Jura studierte, dass Ilse nach Israel auswanderte, dass Ursula sich als Anwältin spezialisierte auf Tötungsdelikte, das war alles die Folge des Geständnisses ihres Vaters. Er war Offizier der Waffen-SS gewesen. Mehr wurde mir nicht mitgeteilt. Aber dass mir nicht mehr mitgeteilt wurde, teilt mit, was da nicht mitgeteilt wurde.

Dann im Brown Hotel die US-Familie mit ihrem 14-jährigen Sohn Eli und der 16-jährigen Schwester Julie. Ursula war in einer andauernden Erregung. Was ihr Vater in Russland getan hatte, bleibt unfassbar. Das sagte sie. Wir seien in Israel, sagte sie, um zu erfahren, dass es für Deutsche keine zwei Meinungen über Israel geben könne. Wir hätten versucht, ein Volk zu ermorden. Das sei uns auch fast geglückt. Angesichts dessen sei es nicht möglich, sich Israel gegenüber urteilend zu verhalten. Eine Schuld, die von keinem Paragraphen erreichbar ist, erlaubt kein politisches Mehr oder Weniger. Das Verhältnis der Deutschen gegenüber Israel muss absolut loyal sein. Absolut abhängig. Absolut unselbständig. Absolut dienlich dem Interesse Israels und nichts sonst. Jedes andere Verhalten diene der Verfinsterung unserer Schuld. Einmal fiel der Ausdruck: die deutsche Bestie. Das ist Ursula. Das ist die Praxis ihrer Schwester. Eine vollkommen sachlich bleibende Radikalität. Ich war nie versucht, mich diesem Denken und dieser Praxis zu entziehen. Ich habe das aktuelle Meinungs-Techtelmechtel zu dieser Frage immer so abwegig gefunden wie Ursula. Ursula war in allem so. So anspruchsvoll. So entschieden. Dann auch mir gegenüber.

Damals aber, nur das wollte ich Dir mitteilen, träumte ich zum ersten Mal von Eli, den ich tagsüber endlos mit seiner Schwester Volleyball spielen sah. Ich träumte, Ursula habe ihn erstochen, ich sei Zeuge gewesen, habe sie aber nicht verraten. Das war der erste Traum, den ich Ursula verschwieg. Wir hatten die Gewohnheit, uns unsere Träume mitzuteilen. Als wir längst zurück waren, erlebte ich, wie jede Sekunde, in der ich Eli erlebt hatte, in mir weiterwirkte. In Träumen also bis heute. Ein solcher Schock war es, diesen Vierzehnjährigen zu sehen. Ich war durch und durch sentimental und sah ihn, wenn er den Ball schlug, Orchester dirigieren. Ich erlebte, dass ich zwei Leben zu leben hatte, von da an.

Ich bin anfechtbar. Durch und durch. Ja, einundfünfzig jetzt. Und mein einziges Pfund, mit dem ich noch wuchern kann: Platon.

Gestern passierte Folgendes: Ich im Boot von Herrn Dickinson, Historiker, er nimmt mich mit zum Krabbenfang. Auf dem Chester River. Ein Fluss wie ein länglicher See mit vielen Buchten. Der Fluss sei hier so breit wie der Rhein bei Bonn, sagt Frau Dr. Ferner, die mit uns im Boot ist. Ihr Mann Lion liegt 100 Meilen südlich in Salisbury zur Rehabilitation. Er hat unter anderem ein Lungenemphysem. Sie raucht eine Zigarette nach der anderen. Und jeden zweiten Tag fährt sie die 100 Meilen nach Süden, um Lion zu besuchen und zu füttern. Fragen Sie mal, wer diese Halbinsel kennt! Jeder kennt Long Island oder Cape Cod, aber diese gewaltige, nicht enden wollende Halbinsel kennt keiner! Und das sagte sie so, dass ich nicht mehr zu fragen wagte, wie diese Halbinsel heiße.

Mir sollte der Krabbenfang gezeigt werden. Am Bootsrand ist eine Rolle montiert, da läuft die Leine ab, alle 40 Zentimeter ein Knoten, daran ein Stückchen Aal. Die crabs beißen sich an den Aalstückchen fest und lassen nicht mehr los. Sie sind too greedy. Und tatsächlich, wir hatten nach einer Stunde einen ganzen Korb voll. Immer in den Monaten mit – r –. Ich musste mich beherrschen, sonst hätte ich gefragt, ob sie mit den Krabben mich meinten.

Abends wurde bei Ferners gegessen. Frau Dr. Ferner schlägt noch ein Buch über Krabben auf. Die Seite, die sie aufschlägt, ist überschrieben: Sexual Behaviour. Sie ist 51. Also genau mein Alter. Sie bringt mich nachher ins Motel. Ihr Mann, 73, wird ein Pflegefall bleiben. Das kann ewig gehen. Krebs wäre besser. Ob ich morgen wiederkommen wolle. That caught me totally by surprise. Mir fällt keine gute Ausrede ein. Und zusagen kann ich auch nicht. Sie: Ich verstehe. Ich: Nein, nein, bitte, ich will unbedingt, nur … Sie: I got your number, gibt Gas, haut ab. Sie ist sauer. Was dieser Satz heißt, war klar durch den Ton, in dem er gesagt wurde. Der ganze Nachmittag, der ganze Abend, alles umsonst. Eine Anstrengung für nichts und wieder nichts. Und ich hatte mich zumindest in ihren Vornamen verliebt. Susan! Ich wollte ihr immer wieder sagen, wie reich und sanft ihr Vorname sei, verglichen zum Beispiel mit Ursula. Das kommt mir auch jetzt noch so vor. Susan. Kann eine Frau schöner heißen? Und wie sie mir die ganze Gegend erschlossen hat, nahegebracht hat! Die Yellow Pages melden für die Upper Eastern Shore 44 Kirchen und nur 27 Banken. Frau Dr. Ferner hat das gezählt und mir mitgeteilt als eine Einladung, hier mit Philosophie zu wirken!

Ich hatte gar nicht bemerkt, dass Professor Dickinson irgendwann gegangen war. Sie hat einen schwarzen Labrador, der heißt Amos. Die Studenten sagen: Famous Amos. Zum Trinken gab es Rotwein. Spätburgunder aus Ungarn, sagte Frau Dr. Ferner. Als ich ein Zigarillo, Marke Willem zwei, anzündete, sagte sie: Die hat mein Mann geraucht, als er noch durfte.

Dass ich mich Frau Dr. Ferner überhaupt nicht verständlich machen konnte, zeigte sich, als wir uns das nächste Mal trafen. Ihr erster Satz: You are pretty smart, aren't you. Ich hätte nichts dagegen, smart zu wirken oder zu sein, aber ich bin es doch nicht! Als ich sie hilflos bat, keine Witze zu machen, sagte sie: I'm serious! Und lachte laut.

Als ich heute Morgen in den Spiegel schaute, stellte ich fest, dass die Hälfte meiner Brauenhaare grau bzw. weiß sind. Über Nacht offenbar. Was wird Berti sagen? Als wir das letzte Mal zusammen vor einem Spiegel standen, lachte er plötzlich laut auf und rief: Wenn das nicht komisch ist, der ganze Kopf weiß und grau und die Augenbrauen rein schwarz. Das stimmte, damals. Was wird er sagen, wenn er jetzt kommt? In fünf Wochen ist es so weit.

Ach ja, das wichtigste Buch, das Lion Ferner geschrieben hat, heißt: *Oneway to Romanticism*. Lion Ferner war zehn, als er in New York ankam. Dabei hatte er 10 Dollars und eine Leika. Alle Emigranten, die nichts hatten, hatten damals eine Leika dabei, die sie verkaufen konnten. Jetzt liegt er mit acht anderen in einem Zimmer. Einer so schlimm dran wie der andere. Einer habe, als er in den Pool sprang, seine Wirbel gebrochen.

Als der eingesperrte Hund zum ersten Mal nachts hörbar wurde, war sein Geheul eine Bestätigung der Stille. Jetzt ist es nur noch ein Lärm der Qual. Er ist eingesperrt in einem der Autowracks, die hinter dem Motel herumliegen. Als ich Jimmy fragte, ob wir den Hund nicht befreien sollten, sagte er: Quatsch, as the Germans say.

Ein Immobilienhändler, sagte Frau Dr. Ferner, sei gekommen und habe ihr gesagt: Wenn sie dann allein sei, sei das Haus wohl zu groß. You will move, of course, habe er gesagt.

Und jetzt die roten Backsteinhäuschen, die Bürgersteige aus roten Ziegeln, das weiße Holz der Türen und Fenster. Das Washington College droben auf dem Hügel. Das Smith College drunten am Fluss. Es ist aber ein Fluss, der Ebbe und Flut hat. Wenn das keine Einladung ist, dialektisch zu sein!

Gute Nacht, Du lieber Augustus. Wenn ich der Präsident wäre hier, würde ich Dich einladen, nur noch hier zu arbeiten. Mit Rede und Gegenrede!

Liebster Augustus, bitte, sei auch Du ein bisschen ausführlich. Um uns nicht ganz zu verlieren, brauchen wir Nachrichten von einander.

Dein Dich umarmender, aber nicht festhalten könnender

Hans Georg

PS
Der Regen trommelt laut und leise
der Wind wischt nass übers Dach
die Welt rauscht wie ein Bach
die Wettermusik spielt die alte Weise
I miss seeing you. H G

Augustus ist bewegt. Er muss sofort antworten.

Du mein lieber Hans Georg,
das kannst Du: eine Sehnsucht erwecken nach einem Chestertown. Frag, ob die ein Drama-Department haben. Ich komme sicher nicht. Aber ich möchte zu gern kommen. An den Fluss mit Ebbe und Flut. Von mir nur so viel: Deine Umstände und meine Umstände erlauben es, von unseren Umständen zu sprechen. Ausführlich kann ich erst werden, wenn die Unwetter, die mich zur Zeit, nicht ohne meine Mitwirkung, bedrängen, es zulassen.

Alle Empfindungen in ein Grußwort zwingend,
Dein Augustus

# 6

Augustus schaut sich im Spiegel an, dann zieht er den Morgenmantel aus und legt sich ins Bett. Er wartet. Schaut auf die Uhr. Zwingt sich, wegzuschauen. Er nimmt die Uhr ab. Sie kommt in eine Schublade. Es klopft, aber Ute-Marie tritt ein, bevor Augustus Ja sagen kann.

Sie lässt sich in den Sessel fallen.

Augustus hat, sobald er sah, dass es Ute-Marie ist, die Brille abgenommen.

Alle drei auf einmal! Die Baronin hat den Beutel voll. Dem Allgäuer läuft wieder Blut am Katheter heraus. Der Alkoholiker brüllt, dass er hier zur Prostata-OP sei und nicht auf einer Entziehungskur. Ich habe ihm sofort eine Flasche Bier gebracht. Der Doc hat's erlaubt. Gestern hat er alle Leitungen durchgeschnitten. Kaum hatte er das Bier, wollte er mich heiraten.

Augustus ist aufgestanden. Er will ihr die Haare lösen.

Nein. Lass, Liebling. Ich habe zwar den Doktor gebeten, dass der Alkoholiker ein stärkeres Schlafmittel kriegt. Eigentlich müssten wir jetzt Ruhe haben. Trotzdem …

Die Wände knistern, wenn du eintrittst, und sie weinen, wenn du gehst.

Ach, Schatz, deine Arien!

Jeden Abend kommst du noch später. Ab neun wäre mit dir zu rechnen. Aber wird es je neun? Ich erlebe nur noch, wie die Sekunden einander am Vergehen hindern. Ab acht schau ich immer öfter auf die Uhr. Um Viertel nach acht. Um halb neun. Und was seh ich: Die Zeit ist rückwärts gelaufen. Es ist gar nicht halb neun! Statt halb neun ist es jetzt erst halb acht. Das ist Apokalypse pur! Was denn noch! Und schau noch einmal hin und seh, vor lauter Panik hab ich mich getäuscht! Es ist tatsächlich doch halb neun. Die Weltordnung ist wieder hergestellt. Jetzt schieb ich die trägen Sekunden an, dass sie, bitte, ein bisschen schneller vergingen! Und sie tun's nicht! Sie kleben aneinander und drohen: Wenn ich nicht sofort wegdächte von ihnen, verfielen sie in den totalen Stillstand! Die Welt hält den Atem an. Und ich auch.

Schatz, ich mag deine Arien. Du bist der unterhaltsamste Mann, den ich je kennengelernt habe.

Und du lernst jede Nacht neue Männer kennen!

Und jeder Dritte macht mir, wenn ich zweimal seinen Puls messe, einen Heiratsantrag. Es ist beeindruckend, was kranken Männern alles einfällt.

Du musst hier raus!

Ich habe das Stück gelesen. Sogar mehr als einmal.

Und?

Auch wenn ich etwas nicht verstanden habe, habe ich verstanden, warum.

Warum was?

Warum ich es nicht verstanden habe, habe ich verstanden. Dadurch kommt mir das Stück jetzt vertraut vor. Aber bevor du mich verhörst, musst du dir anhören, was ich aufgeschrieben habe. Nicht über das Stück, sondern über uns. Weil ich in eine Bewegung gekommen bin. Durch das Stück. Und weil ich, wenn ich bei dir bin, oft nicht zu Wort komme. Hör zu jetzt!

Schatz, wenn ich dir zuhöre, erlebe ich, dass meine Seele Ohren hat!

Bla, bla, bla. Wart's ab. Und du unterbrichst mich nicht!

Versprochen!

Ich fühle mich, als hätte mir jemand eine Woche lang die Droge verabreicht, von der ich nicht wusste, dass sie mir gefehlt hat. Jetzt, da sie mir gegeben wurde, weiß ich, spüre ich, dass sie mir und wie sie mir gefehlt hat. Sobald du weg bist, fehlst du mir. Deine Abwesenheit ist unerträglich. Verzweiflung. Ohne dich ist alles Verzweiflung. Die Erinnerungen schreien durch einander. In mir. Alles, was gewesen ist, führt sich grell auf. Wörter, Berührungen, unser ganzes Zusammensein, eine Erinnerungskatastrophe. Ich soll es nicht aushalten. Das erlebe ich. Ich bin sowohl gelähmt wie getrieben. Zu nichts mehr fähig. Ich bin unmöglich. Ich habe nicht gewusst, was ich tat, als ich dich unterm Schulterblatt berührte. Ich habe dich berührt, wie ich noch keinen anderen berührt habe. Ich gebe jetzt zu, ich wollte dich reizen oder locken. Ich wusste nicht, was ich tat. Aber ich wollte überhaupt nicht selber von der Klippe springen. Ich wollte zuschauen, vielleicht genießen, wie du springst. Es ist anders gekommen. Ich bin mitgerissen worden. Ich habe geglaubt, es sei alles vorbei. Ich habe geglaubt, ich hätte alles hinter mir. Ich habe geglaubt, ich halte es jetzt aus. Ohne alles. Und was habe ich jetzt erlebt: Als alles vorbei war, fing es an. Mir wird heiß, wenn ich an dich und mich denke. Mir wird andauernd heiß jetzt. Das macht mich unfähig, noch da zu sein für etwas anderes als für dich und für mich beziehungsweise für uns. Jetzt will ich nur noch mit dir aufwachen, nur noch dir meine Träume erzählen, nur noch dir meine Lieblingsgedichte von Erich Fried vortragen, nur noch dich von Kopf bis Fuß eincremen, nur noch mit dir Hemden kaufen, nur noch von dir geschlagen werden, nur noch deine Zukunft sein, nur noch deine Wäsche waschen, nur noch dir meine Phantasien verraten, nur noch von dir mich anfassen lassen, nur noch deine Oberhemden tragen und sonst nichts, nur noch ein Tattoo mit deinen Initialen, nur noch hemmungslos mit dir sein, nur noch dir treu sein, sag, wie muss ich sein, dass ich dir wichtig bin?! Kannst du dir unter einer unterwürfigen Frau mit starkem Willen etwas vorstellen? Ich mag es, wenn du mich ständig küsst. Ich mag es, wenn du mir besitzergreifend zwischen die Schenkel fasst. Ich mag es, wenn du mich liebst. Ich mag nur noch dich. Ich bin leider wahnsinnig. Deine Ute-Marie.

Augustus hat das liegend angehört. Jetzt steht er auf. Er führt Ute-Marie zum Sessel. Sie soll sich setzen. Als sie sitzt, kniet er nieder. Er zieht ihr die Schuhe aus. Zieht ihr die Söckchen aus. Küsst ihre Füße. Behält ihre Füße in seinen Händen. Zieht ihr alles wieder an. Steht auf, will ihr die Haare lösen. Das lässt sie nicht zu. Das Blatt mit ihrem Text legt er in die Schublade neben seinem Bett.

Eine unterwürfige Frau mit starkem Willen. Du hast mich eingeschüchtert. Dagegen sind meine Arien Stotterstudien. Ich fliehe zu Anton Pawlowitsch. Dass du nicht alles verstanden hast, aber dein Nichtverstehen sehr wohl verstanden hast, das macht, was im Stück passiert, brauchbar. Für uns. Kostja, hast du ihn verstanden?

Ich habe verstanden, dass er der Interessanteste ist. Weil er der Unglücklichste ist. Das ist bequem. Er liebt Nina, sie liebt ihn nicht. Das kapier ich. Dieses An-einander-vorbei-Lieben. Sie will Schauspielerin werden. Darum wird auf diesem Landgut Kostjas Stück aufgeführt. Also ist auf der Bühne noch eine Bühne, und auf der soll Kostjas Stück gespielt werden. Nina spielt das Stück. Und versteht es nicht. Und ich versteh es auch nicht. Aber schon vor der Aufführung sagt er ihr, dass er sie liebt. Sie aber liebt den Berühmten, den doppelt so Alten, den Schriftsteller Trigorin. Und dann, im 2. Akt, kommt Kostja mit der toten Möwe, legt sie vor Nina hin, sie fragt, was das bedeuten soll. Und Kostja: Er habe heute aus Gemeinheit diese Möwe getötet. Er legt sie ihr zu Füßen. Nina weiß nicht, was das soll. Und er: Bald werde er sich genauso töten. Nina versteht immer noch nichts. Sie legt die tote Möwe auf eine Bank, sagt, dass das wohl ein Symbol sein soll. Sie sei zu einfach, um seinen Gedanken zu folgen. Aber er führt ihre Ablehnung auf den Misserfolg seines Stückes zurück. Frauen, sagt er, verzeihen keinen Misserfolg. Das versteht er, sagt er.

Sie halten mich für einen Misserfolg. Sie halten mich für eine Null. Und da tritt Trigorin auf. Da will Kostja nicht stören. Und geht. Wahrscheinlich hofft er, dass Nina ruft: Bleiben Sie doch. Tut sie nicht. Sie liebt ja den Berühmten. Den Schriftsteller.

An unserem ersten Abend hast du gesagt: Statt Medizinstudium Krankenschwester. Wenn jetzt eine Prominenz auftauchte und dir zeigte, wie du aus dieser Schwesterntracht herausfinden könntest, und der wäre fünfzig und so weiter.

Wie weiter.

Ich spreche von uns. Nina will nichts als Schauspielerin werden.

Für das Glück, Schauspielerin zu sein, würde sie alles in Kauf nehmen. Also sie spekuliert.

Überhaupt nicht. Sie ist geblendet. Sie weiß nicht, dass sie nicht Trigorin liebt, sondern seine Gloriole. Du hast gesagt, dass du mich liebst.

Jetzt willst du mir weismachen, ich liebe nur den prominenten Regisseur und nicht den wirklichen Augustus Baum. Und wenn ich dich Gustl nenne, protestierst du. Für mich bist du aber Gustl. Auf den Augustus pfeif ich.

Bleib noch bei Kostja, bei der toten Möwe, und dass sie zu einfach sei, um seinen Gedanken zu folgen. Glaubst du ihr das?

Mir geht es doch genau wie ihr. Ich kapier nicht, warum der eine Möwe totschießt und dann sagt, das habe er aus Gemeinheit getan. Und dann noch die Drohung, dass er sich genau so töten werde.

Aber faszinieren tut er dich?

Nur weil er so unglücklich ist. Weil man ihm wünscht, dass Nina ihn lieben würde statt den Berühmten. Weil man nicht zugeben will, dass es in der Welt genau so zugeht wie hier im Stück.

Nämlich?

Sie will Schauspielerin werden, sie will weg aus der Provinz, nach Moskau, der Berühmte ist eine Fahrkarte nach Moskau. Da muss sie doch ihn lieben statt den jungen Dichter! Ich krieg natürlich mit, dass sie den jungen Dichter lieben soll. Ich soll traurig sein, dass sie den doppelt so alten Erfolgspromi liebt.

Der durch ihre Liebe zum ersten Mal gefühlsstark wird. Er kippt aus seiner Lässigkeitsroutine.

Das ist doch fast ein Wunder.

Und sie durchschaut nicht, dass sie ihn nur liebt, weil er für sie die Befreiung bringt.

Was gibt's denn da zu durchschauen! Liebe weiß nichts von sich. Liebe ist zwecklos. Absichtslos. Arglos. Hilflos. Entweder sie kommt an oder stirbt an … an Unerwidertheit.

Sprichst du jetzt von Nina?

Ich spreche von Liebe. Aber dass, was zwischen Nina und Trigorin passiert, auf dich und mich anwendbar ist, hast du auch gemerkt.

Ich verstehe! Aber bei uns fehlt Kostja. Der in mich verliebt sein müsste. Ich habe gar keine Wahl. Es gibt nur dich. Und ich gebe zu, ich bin froh, dass es keinen Kostja gibt. Ich bin glücklich, dass es nur dich gibt! Gustl!

Ute!!!

Gustl!

Ute-Marie!

Mein Augustus!

Nina spielt dort auf der Bühne das Stück von Kostja.

Sie findet seinen Text nicht gut.

Aber sie spielt ihn.

Sie würde alles spielen, bloß um von dort wegzukommen. Nach Moskau.

Sag doch du einmal den Text, den Nina dort spielt.

Ich versteh den Text nicht.

Nina versteht ihn auch nicht. Trotzdem tritt sie auf mit diesem Monolog. Sie will doch Schauspielerin werden. Und es gibt für sie nur diesen Text, den sie weder versteht noch gut findet. Komm. Lies einfach. Lies, weil du musst. Lies, weil du dich nur so bemerkbar machen kannst. Nina sitzt ganz in Weiß auf einem großen Stein. Am Horizont der Mond, der sich im Wasser spiegelt. Kostja klopft mit einem Stock auf den Boden und deklamiert laut: O ihr ehrwürdigen alten Schatten, die ihr nachts über diesen See zieht, schläfert uns ein, und möge das Traumbild uns zeigen, was in zweihunderttausend Jahren sein wird! Jetzt du, Nina-Ute-Marie!

Menschen, Löwen, Adler und Rebhühner, Hirsche, Gänse, Spinnen und schweigsame Fische aus den Wassergründen, Seesterne und andere Wesen, die kein Auge sah – kurz, alles Leben ist erloschen, hat seinen traurigen Kreis vollendet. Schon seit Jahrtausenden bewegt sich nichts auf der Erde, und der arme Mond entzündet umsonst seine Laterne. Kein Kranich erwacht schreiend auf der Wiese, kein Maikäfer summt im Lindenhain. Es ist kalt überall, kalt. Und leer. Und schrecklich.

Pause.

Die Körper aller Lebewesen sind zerfallen zu Staub, die ewige Materie hat sie in Stein, in Wasser, in Wolken verwandelt, und alle Seelen wurden eins. Die Weltseele, das bin ich … ich … In mir ist die Seele von Alexander dem Großen, von Cäsar, Shakespeare und Napoleon, und auch die vom letzten Blutegel. In mir verbindet sich das Bewusstsein der Menschen mit den Instinkten der Tiere. Und jeden Moment – und jedes Leben durchlebe ich neu. Ich bin einsam. Einmal in hundert Jahren öffne ich meinen Mund, um zu sprechen, und meine Stimme verhallt traurig im leeren Raum, ungehört … Auch ihr, bleiche Lichter, hört mich nicht … Am Morgen steigt ihr aus dem fauligen Sumpf und irrt bis zum Aufgang der Sonne umher, ohne Gedanken, ohne Willen, ohne Leben. Der Teufel, Vater aller Materie, wechselt laufend eure Atome, damit kein neues Leben in euch entsteht. Ihr wandelt euch ständig. Unwandelbar bleibt im Weltall einzig der Geist.

Pause.

Gefangen bin ich wie in einem tiefen Brunnen und weiß nicht, was mich erwartet. Ich weiß nur: Im Kampf mit dem Teufel, dem Ursprung aller Kraft, ist mir beschieden zu siegen. Dann werden Materie und Geist harmonisch zueinander finden, dann wird anbrechen das Reich der Freiheit. Doch dies erst, wenn nach vielen, vielen Jahrtausenden die Erde, der Mond und der helle Sirius zerfallen sind zu Staub … Bis dahin aber herrscht Schrecken, Schrecken …

Pause.

Da naht mein mächtiger Gegner, der Teufel. Ich sehe seine grässlichen, glutroten Augen …

Pause.

Und jetzt? Wie fühlst du dich?

Komisch.

Wie KOMISCH?

Ich habe das Gefühl gehabt, es kommt nicht darauf an, dass ich den Text verstehe.

Du kannst nichts falsch machen, Ute-Marie. Das habe ich in jeder Sekunde unseres Zusammenseins erlebt. Du bist nicht irritierbar. Das ist deine Natur! Diese Unirritierbarkeit. Selbst wenn du den Text jetzt so gelesen hättest, dass nur noch hörbar wird, dass du ihn nicht verstehst, selbst dann hätte man dir zugehört. Es wäre interessant gewesen, wie du etwas liest, das du nicht verstehst. Aber du hast den Text ganz anders gelesen.

Wie denn?

Ja. Ute-Marie, es tut mir leid, aber ich muss dir sagen, du kannst Schauspielerin werden. Es war einfach in jeder Sekunde interessant, wie du diesen seltsamen Text erlebst. Du hast in keiner Sekunde etwas vorgetäuscht. Du hast in keiner Sekunde eine Bedeutung gespielt, die du nicht erlebt hast. Ich habe noch nicht gesagt, was ich sagen will. Ich rede herum. Ute-Marie! Ich habe gehört, wie du gelesen hast. Das ist es. Jetzt komme ich drauf. Ich habe nicht verstanden, sondern gehört. Und das kommt davon, dass du gesungen hast. Jaaa! Jetzt hab ich's. Du hast einen Ton gesucht für den Text. Du hast ihn gefunden. Dann war es Gesang. Ein Ton für alles. Wie Gregorianik. Wie die Mönche. Dieses Auf und Ab, egal, was der Text gerade will. Das war's, Ute-Marie. Gregorianik, MÖNCHE nehm ich zurück. Du hast einen Ton gefunden, der dir wichtiger war als der Inhalt. Und dieser Ton war, Ute-Marie, der war schön. Der Text schwebte auf deinem Ton. Trotz aller Schwere leicht. Keine Erpressung per Apokalypse, sondern die sieghafte Leichtigkeit des Textes über jeden Weltuntergang. Und das ist es doch, Ute-Marie! Solang wir noch einen Text haben für den Weltuntergang, ist es ein Sieg. Ein Sieg über alles. Ich danke dir, Ute-Marie, du wirst in meiner Inszenierung die Nina spielen!

Arie! Arie! Arie! Und Quatsch! Unsinn! Wahnsinn! Idiotie! Nur weil du mich magst, hat's dir gefallen. Nur darum!

Hat es dir nicht auch gefallen?

Ja, das geb ich ja zu. Aber …

Aber das ist es! Darauf allein kommt es an! Du hast den Text nicht erobert. Du hast die Fremdheit des Textes nicht weggelogen durch irgend ein Verständnis. Es sei ein Traumbild, sagt der junge Dichter voraus. Durch einen Ton, durch deinen Ton hast du die Fremdheit dieses Traumbildes erlebbar gemacht. Wie du die Pausen … ausgedrückt hast. Sechsundvierzigmal steht PAUSE in diesem Stück. Der Fachmann Gerigk hat's gezählt. Und das sind keine Konversationspausen, keine Zum-Buffet-Renn-Pausen. Das Dasein selber hält inne. Sammelt sich. Und geht dann unvorhersehbar weiter. Und du hast diese Pausen ... ja, ausgedrückt! Bei der ersten Pause hast du nach oben geschaut, ich dachte: Wenn's ein Jenseits gibt, kommt Anton Pawlowitsch jetzt herunter! Bei der zweiten Pause hast du in die Ferne geschaut, als hänge alles davon ab, dass es eine Ferne gibt. Dann bist du zurückgekehrt. Hast deinen Ton gehabt. Und dich von ihm tragen lassen. Du bist nicht irritierbar. Du kannst nichts falsch machen. Noch nicht. Und dass das so bleibt, dafür sorge ich. Corinna Demski wird umbesetzt. Ich verspreche ihr in Stella die Hauptrolle. Aber in der Möwe spielt Ute-Marie Wiese die Nina!

Schatz. Ich brächte auf einer Bühne keinen Satz heraus.

Du hättest die Sätze gelernt.

Aber ich könnte sie nicht sagen. Ich wäre viel zu gehemmt.

Du würdest die Sätze sagen, und zwar mit allen deinen Hemmungen. Du würdest schon gern aus dir herausgehen, aber die Hemmungen! Wer diese Hemmungen nicht kennt, diese Sperre, die dir verbieten möchte zu sagen, was in dir vorgeht, wer diese Hemmungen nicht kennt, ist auch kein Schauspieler. Der Schauspieler ist der zutiefst Gehemmte, der sich danach sehnt, endlich aus sich herausgehen zu können. Von anderen unterscheidet er sich nur dadurch, dass er sich danach sehnt, aus sich herausgehen zu können. Und wenn nicht alle Menschen oder doch viele Menschen diese Hemmung hätten, die uns auf der Bühne aus uns herausgehen lässt, gäbe es kein Theater. Wir spielen nicht nur etwas vor. Wir zeigen, wie wir unsere Hemmungen überwinden. Der Zuschauer erlebt, wie wir gegen unsere Hemmungen kämpfen, und dadurch erlebt er sich selbst. Erlebt er, was er auch möchte: aus sich herausgehen!

Wieder eine Augustus-Arie. Jetzt muss ich nur noch klatschen!

Ich bitte darum.

Sie klatscht.

Aber dass das klar ist: Ich könnte nie so über meine Hemmungen sprechen. Dazu wäre ich viel zu sehr gehemmt.

Eins zu null für dich.

Und wenn ich gar keine Schauspielerin bin?

Dann bin ich kein Regisseur.

Und ich keine Schauspielerin. Dann spiel ich halt die Schauspielerin! Wahnsinn! Wenn das der Professor wüsste! Er sagt zu mir Opernschaf! Er selber rennt dauernd ins Theater.

Und kommt bei jeder Visite auf eine Inszenierung von mir zu sprechen. Gestern hat er mich allerdings verwechselt und hat meinen schärfsten Konkurrenten stürmisch gelobt.

Und du?

Ich habe gleich von meinen Sehnerven angefangen. Schatz, ohne dich geh ich sofort zu Grunde! Es ist mir ein Rätsel, wie ich ohne dich überhaupt leben konnte.

Arie!

Der Piepton.

Den habe ich bestellt. Entschuldige. Wenn ich wieder hereinschau, schläfst du, Schatz!

Sie geht.

Augustus nimmt das Aufnahmegerät.

Liebe Lydia. Es ist viel verlangt. Wenn ich nicht irrsinnig sicher wäre, könnte ich, was ich jetzt verlange, nicht verlangen. Corinna. Sie muss verzichten. Nach dem, was zwischen ihr und Stallhofer passiert ist, geht da nichts mehr. Stallhofer hat jetzt ein ungutes Gewissen und wird in jeder Sekunde beweisen wollen, dass er Grund hatte, ihr das Feuerzeug ins Gesicht zu werfen. Zum Glück gibt es eine nahezu ideale Lösung. Ich habe eine Nina. Am Montag bring ich sie mit. Dein Augustus.

Es klopft. Ute-Marie kommt herein.

Du bist noch wach?

Du doch auch.

Ich wollte dir nur noch einen Gutenachtkuss geben. Du hast mir immer noch nicht gesagt, ob du von mir träumst. Ich kann dich nur schlafen lassen, wenn ich weiß, dass du von mir träumst.

Tag und Nacht!

Keine Arien! Wahrheit!

Meine Arien sind Berichte.

Was Gerda gesagt hat, verschweigst du auch.

Was soll sie sagen! Ihr Text ist bekannt.

Sag einfach, was sie gesagt hat.

Weil sie klüger ist als du und ich zusammen …

Sag jetzt.

Ich darf mir diesen von mir verschuldeten Jammer nicht merken. Gute Nacht.

Nein, Schatz, bitte.

Sie hat ein Buch gebracht. Von ihr geschrieben. Über Abhängigkeit. Weil alle Krankheiten, sagt sie, die Ärztin, von Abhängigkeiten kommen. Und ich bin immer noch hier, weil ich von dir abhängig bin. Verlust der Selbstbestimmungsfähigkeit. Sagt sie. Stimmt ja.

Das sagst du?! Du bestimmst doch Tag und Nacht! Du bestimmst, dass du hier bist. Du bist hier, weil du das willst! Oder nicht?

Ja. Schon. Aber sie sagt, ich bin hier, weil du das willst.

Und?

Das stimmt auch.

Also sind es schon mal zwei, die wollen, dass du hier bist. Du UND ich! Weiter!

Sie will beweisen, dass das mit dir eine Affäre ist. Wie andere Affären.

Und?

Ich widersprach.

Und?

Sie will beweisen, dass Geschlechtsverkehr, sie nennt es GV, nichts mit Liebe zu tun hat.

Das kommt vor.

Ich schilderte ihr, dass ein Mann, wenn er nicht mehr auf seine Frau wirkt, nicht mehr lebt. Auch wenn er seine Frau noch liebt.

Das hast du ihr gesagt: dass du sie noch liebst?

Ich tröste Gerda nicht mit erlogenem, sondern mit erfundenem Trost.

Spitzfindigkeit.

Ute-Marie, dieses Verhör, das führt zu nichts. Es fehlt die Situation. Die paar Zitate, das ist nicht das, was war. Entweder du weißt, du spürst, was zwischen uns ist, oder …

Oder?

Oder wir sind verloren. Du musst an uns glauben. Oder alles ist nichts!

Ach Schatz! Wie gern! Wie gern würde ich an uns glauben!

Komm doch.

Er will ihr die Haare lösen.

Nein, lass! Das ist keine gute Nacht, heute.

Warum denn?

Glaub's einfach.

Es kommt zum Kuss. Beide sind gleichermaßen beteiligt.

Der Piepton.

Siehst du!

Sie springt auf. Beugt sich noch einmal zu ihm hinab.

Gut Nacht, mein Liebling. Mein Einziger! Das ist eine Drohung. Gut Nacht.

Er sitzt auf dem Bettrand, schaut ihr nach. Er kann seinen Blick nicht von der Tür lösen.

# 7

Es klopft, Augustus ruft hell: Herein. Er weiß ja, dass Gerda kommt. Mit ihr der Pfleger Robert. Wieder mit der Tasche.

Guten Morgen, lieber Robert. Man könnte sich daran gewöhnen, dass Sie jeden Morgen mit meiner lieben Frau hier erscheinen.

Wie's der Dichter schon sagt: Aus Gemeinem ist der Mensch gemacht, drum nennt er die Gewohnheit seine Amme.

Schiller.

Wer denn sonst, Herr Professor.

Mit guten Wünschen für den Tag entfernt er sich.

Und, wie geht's der Hüfte?

Und den Augen?

Sehr gut. Ab Montag bin ich auf der Bühne.

Jetzt iss mal zuerst.

Er löffelt die Schüssel aus.

Hier in der Klinik wird darüber gelacht, dass ich ohne dein Frühstück nicht leben könnte.

Sonst noch was, ohne das du nicht leben könntest?

Ohne dich, zum Beispiel.

Und ohne Nachtschwester.

Dass wir nicht gleich im privaten Stacheldraht verbluten, erinnere ich dich daran, dass du, wie du mir hundertmal demonstriert hast, ohne deine Patienten nicht leben könntest. Du schläfst nicht, wenn ein von dir Behandelter nicht schläft. Du investierst in jeden und in jede dein ganzes Wesen. Du musst helfen, sonst kannst du nicht leben. Das erlebe ich seit Jahrzehnten. Und wenn ich staune und nicht begreife, woher du diese Mitfühlkraft hast, sagst du: Von meinen Patienten. Ich gebe ihnen nur, was ich von ihnen bekomme, sagst du.

Allerdings sage ich auch: Du bist die einzige Adresse, bei der ich mehr gebe, als ich bekomme. Bei dir zahle ich drauf.

Und bist, ergänze ich einmal ganz unpolemisch, dadurch immer reicher geworden. Glaub mir, Gerda, kein Mann und keine Frau ist so reich wie du.

Hör auf. Ich weiß, warum du so redest.

Ja? Dann sag es mir. Ich wüsste auch gern, warum ich so rede.

Du willst mir beibringen: Wir leben von unserem Beruf. Durch unseren Beruf. Und das heißt bei dir: eine Affäre nach der anderen.

Schade. Ich hätte gedacht, dieses Wort hätten wir hinter uns.

Bevor wir gleich im privaten Stacheldraht verbluten und weil du von meinen Patienten redest, lies das … Gestern eingetroffen. Von einer Patientin. Sechsundfünfzig, halb taub. Alkoholikerin. Lies …

Er nimmt es nicht.

Wenn es von einer Frau ist, lies du.

Sie liest.

Ich bin Alkoholikerin. Das werde ich bleiben. Aber wie und warum bin ich's geworden? Solange wir nicht verheiratet waren, war der Geschlechtsverkehr immer ein Ergebnis unseres Zusammenseins. Auch wenn er mich öfter überfallen hat. Dann war ich als Überfallene glücklich. Es war keinesfalls schlimm, wenn er mich erwischte, irrsinnig küsste und mich dann beschlief. Das war Glück. Unter solchen Umständen. Dann die Heirat. Ich sollte anders sein, als ich war. Er war jetzt mit mir, wie ich war, nicht zufrieden. Er wollte Steigerungen. Mir kam das immer lächerlich vor. Mir wären wir, wie wir waren, genug gewesen. Ihm nicht. Er musste uns jedes Mal neu inszenieren. Er führte den Alkohol ein. Mir war nichts so überflüssig wie der Alkohol. Aber ich machte mit. Trank mit. Dann stellte sich heraus, dass er bei seinen Inszenierungen mit mir mehr anfangen konnte, wenn ich getrunken hatte. Ich trank gern. Wie hätte ich ohne Alkohol das Lächerliche, Nichtswürdige seiner Inszenierungen, wie diesen Leere-Zirkus ertragen und mitveranstalten können! Ich musste ja auf immer neue Regie-Einfälle seinerseits gefasst sein. Und was ihm einfiel, was dann eben doch auch Mitwirkung von mir verlangte, das war so grotesk und zutiefst unausführbar, dass ich mir angewöhnte, schon im Vorfeld zu trinken, denn schon das Miteinandertrinken war mir, so wie er das zelebrierte, in seiner Zielstrebigkeit so peinlich, dass ich, um mit ihm auf das Bestimmteste drauflostrinken zu können, immer schon etwas getrunken haben musste. Und das über Jahre hin. Da jeden zweiten Tag mit einem neuen Lusteinfall von ihm zu rechnen war, musste ich jeden zweiten Tag einen Alkoholschleier über mich werfen, der es mir ermöglichte, bei seinem Geschlechtsverkehr mitzuspielen, als wäre es mein eigenes Bedürfnis. Darauf kam es ihm vor allem an: Alles, was wir taten, musste von beiden gleichermaßen gewollt sein. Und von mir noch ein bisschen mehr als von ihm. Er konnte in seinen schrecklichen Lustveranstaltungen nicht allein sein. Das wäre zu beschämend gewesen für ihn. Ich durfte ihn in seinen heftigsten Empfindungen nicht allein lassen. Aber wenn ich auch alles wollte, was er wollte, dann war doch alles gut. Einzelheiten sind nicht nötig. Ich nehme an, dass sich die Eheschlafzimmer dieser Welt nicht sehr von einander unterscheiden. Ich will weder ihn anklagen noch mich rechtfertigen. Nur erklären, warum ich Alkoholikerin geworden bin. Unsere Ehe war, glaube ich, eine der glücklicheren. Eigentlich die glücklichste, die ich kenne. Der Preis, Alkoholikerin geworden zu sein, ist nicht zu hoch für eine wahrhaft glückliche Ehe. Ich kann mir keinen Mann vorstellen, der mir das Schwere leichter gemacht hätte als er. Wir lieben einander. Das war's.

Ich bin beeindruckt. Und weiß nicht, warum. Shakespeare angewendet, heißt das: Die ganze Welt ist eine Inszenierung.

Jetzt zu unserem Stacheldraht. Sie war bei mir. In der Sprechstunde.

Ute-Marie?!

Ja.

Ute-Marie?!

Ja!

Wie heißt sie?

Sie hat sich laut genug vorgestellt. Du hast laut genug von ihrem Nachnamen geschwärmt.

Und warum in die Sprechstunde?

Auf Krankenschein.

Ja. Gut. Aber warum? Wenn es die ärztliche Schweigepflicht erlaubt.

Ich finde es außerordentlich mutig von ihr. Und außerordentlich richtig. Sie wollte mit mir sprechen. Nicht nur über dich. Über dich auch. Aber nicht nur. Sie wollte wissen, wie es mir geht. Jetzt.

Und? Was ist herausgekommen bei diesem Gespräch?

Zum Beispiel, wie du auf sie wirkst. Wie sie dich sieht.

Das hat sie dir gesagt?

Das kam heraus. Unwillkürlich. Zum Beispiel: dass du unheimlich unterhaltsam seist. Dass sie noch nie einen Mann kennengelernt habe, der so unterhaltsam gewesen ist.

Unterhaltsam?

Das war ihr Wort. Und: Solche Männer wie Augustus Baum nenne man in ihren Kreisen, wenn es sich um jüngere handle, Draufgänger.

Draufgänger?

Genau so. Auch Charmeur kam vor. Einmal sogar Hallodri. Aber da war sie sich nicht ganz sicher, ob du das tatsächlich seist, ein Hallodri. Das wollte sie dann lieber nicht gesagt haben. Und – das war vielleicht die Hauptsache – dass sie natürlich keine Schauspielerin sei. Dass du sie zu einer Schauspielerin machen willst, fand sie umwerfend. Dass du ihr das einreden willst, fand sie lieb, fand sie hinreißend, vor allem fand sie es umwerfend.

Einreden! Ich habe ihr gesagt, dass ihre Hemmungen ein Kapital sind. Wer nämlich diese Hemmungen nicht hat, wer überall und immer sagen kann, was er will, der ist tatsächlich nicht geeignet, Schauspieler zu werden oder zu sein.

Sie wirkte auf mich allerdings ziemlich hemmungslos.

Du meinst, weil sie dir aus lauter Unsicherheit ein paar Sächelchen gesagt hat, um dich zu provozieren, um von dir etwas über mich zu erfahren, deshalb sei sie hemmungslos. Gerda, du bist, glaube ich, hereingefallen auf Ute-Marie Wiese. Dir darf es fremd sein, wie ich über den Beruf des Schauspielers rede.

Jetzt bist du wieder kulturell überheblich.

Streiten wir nicht darüber. Ute-Marie Wiese hat alles, was nötig ist, um Schauspielerin zu werden. Ich sage nicht, sie sei eine große Schauspielerin. Es kommt darauf an, dass jemand Schauspieler werden kann. Groß oder nicht groß, das ist konventioneller Tratsch. Ich kann nach ruhigster Prüfung sagen, sie kann eine Schauspielerin werden. Erinnere dich, ich habe bei keiner meiner Affären, wie du das zu nennen beliebst, gesagt, es handle sich um eine Schauspielerin. Um nur die letzten drei zu nennen! Ich zerre nicht Frauen auf die Bühne, um sie bequemer besitzen zu können. Dazu ist mir die Bühne ein zu seriöser Ort. Mir ist die Bühne heilig. Entschuldige. Nichts ist mir fremder, als Ute-Marie aus ihrem unerfüllten Dasein heraus- und in ein unverantwortbares Theaterabenteuer hineinzureden. Gerda, Schicksal! Es gibt noch Schicksal! Das allerdings glaube ich schon.

Sie hat mir, ich muss schon sagen: gestanden, dass ihre Heirat mit ihrem Verlobten jetzt plötzlich nötig werde. Er ist ja ein Software-Spezialist, hat offenbar einen Auftrag, in Schweden für den Radisson-Konzern ein Programm zu entwerfen. Ein Jahr in Schweden. Dazu will er seine Verlobte mitnehmen. Deshalb müssen sie schneller heiraten, als sie wollten. Nämlich jetzt gleich. Hörst du? Sie hat erstaunlich offen und klug über ihren Verlobten geredet. Dass er sie anders liebt als sie ihn. Dass sie auch Nachtschwester geworden sei, um mit ihm, den sie doch liebt, seltener schlafen zu müssen. Diese Erfahrung verdankt sie Vinze, dass man jemanden lieben und nicht lieben könne. Zur gleichen Zeit. Allmählich habe sie doch erfahren, dass ihr Vinze ein Goldstück sei. Anders könne sie es nicht sagen. Und die Erfahrung mit dir sei ihr da sehr wichtig geworden. Das allerdings hat sie dann nicht näher ausgeführt. Sie möchte die Erfahrung mit dir nicht missen. Hat sie gesagt. Du seist für sie, nach Vinze, der wichtigste Mann. In ihrer Erfahrung.

Augustus kann nicht antworten. Statt einer Antwort dann sein von Tschechow gelerntes plötzliches Lachen.

Entschuldige. Das ist wieder dieses Lachen. Von Anton Pawlowitsch. Ein Jahr nach Schweden. Gerda, das ist ein guter Einfall. Auch wenn er zu nichts führt. Ein Jahr nach Schweden. Ach, Gerda. Wenn das ginge! Wenn das noch ginge! Ich muss zur Zeit oft an Hans Georg denken. Der ist geflohen oder vertrieben worden nach Amerika. Ursula, du erinnerst dich, Ursula, die große Anwältin, die immer alles und alle Besiegende. Sie hat Schluss gemacht. Sie hatte keine Ahnung von seinem anderen Leben. Dann auf einmal fliegt alles auf. Hans Georg muss fort. Skandalvermeidung. Das erfahre ich jetzt. Ich hatte lange nichts mehr gehört von ihm. Wir waren Freunde. Habe ich gedacht. Dann nichts mehr. Und er war mein einziger Freund. Wenn man keinen Freund mehr hat, hat man lange genug gelebt. Zu lange. Dachte ich. Je genauer du einen anderen kennenlernst, desto weniger kannst du mit ihm befreundet sein. Dachte ich. Freundschaft ist von allen Einbildungen die schönste. Ich persönlich habe alles getan, Hans Georg nicht merken zu lassen, dass ich unsere Freundschaft über ihren Anlass hinaus, sozusagen eigensinnig am Leben erhalte. Dann glaubte ich zu merken, dass es Hans Georg noch mehr Mühe machte als mir, unsere Freundschaft aufrecht zu erhalten. Meine Freundschaft bedeutete Hans Georg nichts mehr. Das begriff ich. Ging es mir nicht genau so? Zwei Freunde, die einander nicht sagen können, dass sie keine Freunde mehr sind, das ist die Seelenstrapaze überhaupt.

Und das soll ich jetzt auf die Liebe anwenden? Auf uns?

Ich habe es dir nur geschildert, weil mir Hans Georg jetzt einen Brief geschrieben hat. Aus Amerika. Die Katastrophe, Ehe kaputt, von seinem Partner getrennt, eine

Einsamkeit wie eine Kältekatastrophe. Jetzt entdeckt er mich wieder. Den Herzensfreund.

Und warum erzählst du mir das jetzt?

Ich warne dich. Und mich. Du glaubst, wenn du Ute-Marie ein Jahr nach Schweden schickst …

Ich schicke sie nicht nach Schweden.

Schweden, Gerda, das läuft nicht. Überhaupt nicht. Ich warne nur! Wenn sie ginge – und dass sie nicht geht, ist sicherer, als dass morgen die Sonne aufgeht –, wenn sie ginge, Gerda, das wäre eine Katastrophe, die zu einem ungeheuren Liebesschub führen würde. Von mir. Von ihr. Das wäre eine Operation ohne Narkose, Gerda. Das wäre die absolute Willkür. Ich warne dich. Wenn du auf Erlöschen setzt, dann veranstalte keine solchen Gewaltakte. Nur deshalb habe ich dir erzählt, was Hans Georg und letzten Endes auch mir durch ihn passiert ist. Ich fühle mich ihm jetzt näher als je zuvor. Du solltest seinen Brief lesen. Keine Sekunde lang wurde offenbar überlegt, ob Ursula ihm seinen Freund gönnen könnte. Vielleicht hat er gebettelt: Sei eine wirkliche Freundin, gib mich frei.

Wie wenig du die Menschen kennst.

Die Frauen.

Die Menschen!

Wenn ich sagen würde: Gerda, gib mich frei.

Ich habe Angst um dich.

Wenn ich sagen würde: Jetzt ist die Liebe endlich da.

Du bist nicht mehr zurechnungsfähig. Wieder einmal. Du bist verrückt.

Gern.

Du bist übergeschnappt.

Nur zu gern.

Ich muss dir sagen: Ich allein sage dir noch die Wahrheit. Alle um dich herum, alle lügen dich an.

Augustus notiert etwas.

Was notierst du da?

Dass du dich bei dem Satz: Ich allein sage dir noch die Wahrheit, umgedreht hast. Diesen wichtigsten aller Sätze hast du mir nicht ins Gesicht sagen können. Ich habe dich, ohne dass du es gemerkt hast, ins Stück hinein verlockt. Genau dieser Dialog findet statt zwischen Trigorin und Arkadina, seiner Lebensgefährtin. Sie klammert sich an ihn, kann ihn nicht freigeben. Also geht sie zum Äußersten: Sie ist die Einzige, die ihm noch die Wahrheit sagt, alle anderen lügen. Und das funktioniert. Trigorin kapituliert. Allerdings, und das erfährt sie nicht, bleibt ihm, da er ja auf Nina nicht verzichten kann, bleibt ihm nur der Betrug. Das Gewöhnliche, Gerda, das Normale, das Alltägliche, das Weltfüllende: der Betrug! Und den wollte ich endlich einmal vermeiden.

Aber dir muss ich jetzt, um meinerseits an keinem Betrug mehr beteiligt zu sein, dir muss ich sagen, dass deine Inszenierung nicht mehr stattfindet. Schon gestern stand in den Zeitungen, Max Stallhofer steigt aus. Heute: Corinna Demski und so weiter. Da der Regisseur keine Rückkehr in Aussicht stellt. Großes Bedauern. Aber Schluss.

Augustus sagt lange nichts. Dann lacht er wieder das veranstaltete Tschechow-Lachen. Diesmal aber länger.

Das ist doch gut so. Ich hätte mit diesen Schauspielern das Stück nicht mehr weitermachen können. In mir hat sich in diesen Tagen eine Fassung des Stücks entwickelt, die nur zwei Schauspieler braucht. Ute-Marie Wiese und, entschuldige, und mich.

Augustus. Du sagst: Du liebst mich.

Ich liebe dich. Das ist ganz sicher.

Ich sage: Wenn du mich lieben würdest, könntest du mir das nicht antun. Es ist verblüffend, wie du mit mir umgehst. Du machst dir deine eigenen Gesetze. Ich soll mich dem beugen. Dass ich bis jetzt geblieben bin, ist mir vorzuwerfen. Es geht um Leben und Tod. Bei uns. Du glaubst immer noch, es sei ein Spiel. Du führst dich auf. Wir sollen klatschen. Es ist ernster, als du es meinen kannst. Du nimmst ab, Augustus. An Zurechnungsfähigkeit. Je weniger du wirst, desto mehr liebe ich dich.

Er notiert wieder etwas.

Was schreibst du auf?!

Bei JE WENIGER DU WIRST hast du vor dich hin auf den Boden geschaut, so als hättest du Mühe, mich da drunten noch wahrzunehmen. Weil ich so klein geworden bin. Eigentlich bin ich nur ein Landschaftsmaler, alles andere ist verlogen, verlogen bis ins Mark. Liebe Gerda, ich bin auch mein Gegner. Ich bin, hoffe ich, ein ernst zu nehmender Gegner. Ich werde, hoffe ich, mich besiegen. Ich werfe, was ich noch habe, zum Fenster hinaus. Ich höre nicht auf, alles zum Fenster hinaus zu werfen. So reich war ich noch nie. Die Leute draußen bleiben stehen. Sie fangen auf, heben auf, lesen auf, was ich hinauswerfe.

Ich habe nicht gewusst, wie reich ich bin. Wie viel ich habe. Erst seit ich, was ich habe, zum Fenster hinauswerfe, erst jetzt sehe ich, wie reich ich bin. Dass wir uns nicht falsch verstehen. Ob ich, was ich habe, zum Fenster hinauswerfen würde, wenn draußen nicht die Leute wären, die, was ich hinauswerfe, auffangen, aufheben, auflesen – und das ist ja auch schon eine feinere Gewohnheit geworden, dieses Auffangen, Aufheben, Auflesen, gäbe es das alles nicht, was dann? –, das wüsste ich erst, wenn die Leute, was ich zum Fenster hinauswerfe, nicht mehr auffangen, aufheben, auflesen würden. Dass ich das je erfahre, da sei Gott vor.

Wer?

Gott. Wer sonst? Das musst du auch noch wissen. Wenn die Leute, was ich hinausgeworfen habe, aufgefangen, aufgehoben oder aufgelesen haben, dann schauen sie herauf zu meinem Fenster, aus dem alles geflogen kam. Dann trete ich sofort zurück. Ich will natürlich nicht der sein, der, was er hat, zum Fenster hinauswirft.

Mach aus deinem Alleinsein keinen solchen Zirkus. Du bist dein einziger Zuschauer.

Deine Verständnislosigkeit, Gerda, ist … ist meine Rettung.

Gerda ist aufgestanden, geht jetzt hin und her, bleibt stehen, dann nimmt sie ihre Tasche und die Tasche mit der Wäsche und geht.

Gerda!

Das hört sie nicht mehr.

# 8

Augustus prüft wie immer sein Aussehen im Spiegel. Mit Brille, ohne Brille. Ab jetzt ohne Brille. Er hat die eierschalenfarbene Jacke gewählt, die er immer als Regisseur trägt. Dazu den schwarzen Hut. Er ist ein Sportler kurz vor dem Start. Er muss sich in Stimmung bringen. Es muss gut gehen. Alles muss gelingen. Und was gelingen muss, gelingt auch.

Es klopft. Sein Ja ist nicht stürmisch, nicht hell. Aber bestimmt. Es heißt eher Jawohl als Ja. Lydia tritt ein. Sie wirft ihren Mantel wie immer auf das nie benutzte Sofa neben der Tür.

Lydia!

Augustus!

Wenn ich dich in meinen Armen halte, glaube ich, dass alles gut geht. Lydia, wir müssen ganz anders anfangen. Warum tragen Sie immer Schwarz? Fragt der Lehrer, der in Mascha verliebt ist, die in Kostja verliebt ist, der in Nina und so weiter.

Ich traure um mein Leben, sagt Mascha. Ich bin unglücklich.

Stolz soll sie sein. Lydia! Glücklich soll sie sein, dass

sie noch lieben kann. Unglücklich sind nur die, die nicht mehr lieben können!

Wie soll das gehen?

Mascha muss erleben, dass sie sich gefällt. Eben als Liebende. Als Unglückliche! Ich seh an deinem Gesicht, du begreifst nicht, dass lieben wichtiger ist, als geliebt zu werden. Also wir fangen an mit einer Musik. Hell und blitzend ins Feld rückende Töne. Haydn, Symphonie Nr. 38. Semjon, der unglücklich in Mascha verliebte Lehrer, sagt dann: Ich liebe Sie, halte es vor Sehnsucht nicht aus. Jeden Tag laufe ich sechs Werst her und sechs zurück, und was erwartet mich? Ihre Indifferenz. Da kann er doch stolz sein, dass er das alles tut und nichts dafür kriegt! Lydia! Und wenn wir so anfangen, wenn wir endlich, endlich, endlich die nicht gelingen können-de Liebe feiern – und ich feiere sie, ohne dass ich an das Nicht-gelingen-Können glaube, ich glaube und glaube und glaube, dass die Liebe gelingt, aber das ist trivial! Feiern kann man nur die nicht gelingen könnende Liebe, die einzige Liebe, von der zu reden es sich lohnt! Wir müssen den Tschechow-Text so ins Licht werfen, dass die dunklen Farben zu leuchten beginnen. Wir müssen dem Stück die Trauer nehmen! Und wenn wir das getan haben, dann hören wir auch so auf, wie wir gespielt haben: Bei uns kommt am Ende nicht der Arzt herein und meldet, dass Konstantin Gawrilowitsch sich erschossen hat! Dann hätten wir ja ganz umsonst gespielt. Bei uns kommt Kostja selber herein, schießt in die Luft und ruft: Konstantin Gawrilowitsch hat sich erschossen. Wenn uns das nicht überzeugend gelingt, dann müssen wir gar nicht erst anfangen. Das heißt: Leute, hier wird gespielt! Ernst ist es nur bei euch, die ihr jetzt vor unserer Bühne sitzt. Und weil es bei euch so unermesslich ernst ist, darum haben wir gespielt. Verstehst du. Ich zeig es dir.

Er holt die Pistole aus der Schublade.

Verstehst du: Wenn ich in dem Augenblick, der darüber entscheidet, wie ernst diese Komödie ist, wenn ich da auf die Imitation verzichte und in die Luft schieße und rufe: Kostja hat sich umgebracht, dann sind wir nicht die blöden Vormacher und Schicksalsimitatoren, dann sind wir und das Publikum in ein und demselben Stück.

Sie nimmt ihm die Pistole aus der Hand, weil er in seiner Begeisterung vielleicht doch geschossen hätte.

Und ich habe dir immer noch nicht gemeldet, dass Stallhofer sich geweigert hat, als Trigorin so herumzulaufen, wie du es vorgeschlagen hast.

Wie Tschechow es befohlen hat. Wie Stanislawski berichtet. Das hättest du dem Staatsschauspieler berichten können. Stanislawski, der ja selber Trigorin gespielt hat, von Kopf bis Fuß in Weiß, eine vor Eleganz blendende Erscheinung, der musste dann, auf Tschechows Kommando, zerlumpte karierte Hosen und alte ausgetretene Schuhe anziehen.

Stallhofer will als Phileas Fogg auftreten. Er hat im Fundus das Kostüm entdeckt von In 80 Tagen um die Erde …

Hör auf, hör auf, hör auf.

Augustus! Ich komme mir vor wie eine Kriegsberichterstatterin, die zu berichten hat nur von verlorenen Schlachten!

Jede verlorene Schlacht trägt einen Sieg im Bauch!

Bei Corinna, durch den Schlag an den Hals, den ihr Stallhofer versetzt hat, jetzt ist ihre Zyste an ihrer Schilddrüse wieder geschwollen. Sie muss wieder punktiert werden. Operieren geht nicht. Wegen Narben. Und, Augustus, sie ist ausgestiegen. Sie hat vor Stallhofer nur noch Angst, sagt sie.

Lydia! Geschenkt, geschenkt, geschenkt! Ich habe eine Nina, sozusagen: wie sie im Buche steht.

Und Stallhofer ist auch raus. Und alle anderen auch. Ich habe es nicht geschafft, Augustus. Ich bin keine Regisseurin. Die Inszenierung ist futsch. Schlag mich tot.

Pause.

Augustus geht zum Spiegel, schaut sich an. Geht zum Schrank, holt den hellsten Morgenmantel heraus, zieht ihn an, geht wieder vor den Spiegel. Dann zu Lydia.

Lydia, Herzensfreundin, von allen Lieben die Liebste! Besser kann es doch gar nicht kommen. Ich inszeniere die Möwe, wie sie noch nie inszeniert worden ist. Du weißt, der zu Herzen gehende Dramatiker Tennessee Williams hat aus der Möwe ein Stück gemacht, das er Notebook of Trigorin nannte! Ich mache daraus das Schauspiel vom Unglücksglück. Frei nach Anton Pawlowitsch Tschechow. Und brauche dazu nur zwei Darsteller: Ute-Marie Wiese und Augustus Baum. Premiere im frühen Sommer. In einem noch zu gründenden Sommertheater. In Badenweiler. Da, wo Anton Pawlowitsch gestorben ist.

Vierundvierzigjährig! Da führen wir seine innigsten Unglückstöne auf. Und zeigen, was für einen Wert ein Mensch hat, wenn er liebt. Wenn er noch liebt! Dadurch, dass er liebt.

Ich bin dabei, Augustus.

Du bist dabei, Lydia.

Ach, und es gab so tolle Momente, Augustus. Vorgestern, als Sorins Rollstuhl, weil er nicht arretiert ist, von hinten nach vorne rollt und gleich in den Orchestergraben stürzen wird. Wie da alle plötzlich zuschauen mit offenem Mund und hilflosen Armen, keiner rennt hin und stoppt das Ding, das dann tatsächlich von dem dort noch liegenden Stock des Arztes gestoppt wird. Das war ein Augenblick, Augustus.

Augustus hat sich, was sie erzählte, notiert.

Was notierst du denn jetzt noch?

So muss Nina stehen, wenn sie sagt: Um Schauspielerin zu werden, nimmt sie alles in Kauf, starr, hilflos, sie kann der Zukunft nicht entgehen.

Ich habe mich einfach nicht durchgesetzt. Hier sind immer alle viel zu nett zu einander! Ich habe mich nicht durchgesetzt!

Sie weint. Sie sucht seine Nähe.

Ich! Lydia! Nur ich habe Mist gebaut! In der Kantine, nach der ersten Leseprobe, Stallhofer war schon weg. Wir amüsierten uns darüber, dass er immer mit perfekter Textbeherrschung zur ersten Leseprobe kommt, und ich erzählte die Geschichte, wie er zur ersten Nathan-Probe erschienen ist, den Nathan-Text perfekt drauf hatte, weil er geglaubt hatte, er spiele den Nathan, aber besetzt war er nur als Tempelherr. Alle lachten, auch die von der Technik am Nebentisch, bis auf einen Beleuchter, der sah mich finster an. Den habe ich mir gemerkt. Der war von Stallhofer gekauft. Der hat das Stallhofer berichtet. Ich habe später sogar Sachen gesagt, die er Stallhofer weitersagen sollte! Das hat funktioniert. Dass ich diese Geschichte in der Kantine erzählt habe, zeigt, dass ich kein Regisseur bin.

Wenn jemand kein Regisseur ist, dann ich.

Einigen wir uns: Kein Mensch IST ein Regisseur.

Du hast leicht reden. Gut Nacht, Augustus. Verzeih!

Du mir! Gut Nacht!

Gut Nacht.

Du wirst von mir hören. Badenweiler!

Sie verabschieden sich mit Gesten der Zärtlichkeit. Aber sie kommt noch einmal herein.

Verzeih!

Sie hat den Brief in ihrer Tasche vergessen. Den gibt sie ihm. Und geht.

# 9

Augustus hängt die Regiejacke in den Schrank und legt den Hut dazu, legt sich ins Bett, stellt den Kopfkeil mit einem Knopfdruck steiler, dann liest er den Brief, wie er den ersten gelesen hat: mit mitsprechenden Lippen.

Lieber Herzensfreund,
fürchte nicht, dass Du jetzt meine Klagemauer wirst. Zuzugeben ist, dass ich, was mir passiert, nicht im stummen Selbstgespräch ablaufen lassen kann. Ich bin Platon-Schüler. Was bleibt von dem, was mir passiert, wenn ich es der direkten Rede aussetze!

Lieber Augustus, Berti kommt nicht. Konkav-Konvex ist auseinander. Wenn Ursula das wollte, hat sie jetzt erreicht, was sie wollte. Obwohl ich ihr so viel Planfähigkeit nicht unterstellen will. Sie hat auch nur reagiert. Dann habe ich reagieren müssen. Jetzt hat Berti reagiert.

Seine Mutter müsste, wenn er Deutschland verlässt, ins Altenheim. Und das war immer Bertis und seiner Mutter Unwort: Altenheim. Er sieht das so: Ich habe ihn verlassen. Ich habe mich von Ursula in eine bürgerliche Panik stürzen lassen. Anstatt mich endlich zu bekennen, habe ich ihr durch mein Doppelleben alle Trümpfe in die Hand gespielt. Ich bin abgehauen. Ich bin aus dem Haus in Starnberg, das auch mein Haus war, wie ein Ertappter geflohen. Ich habe, um Ursulas bürgerlichen Ruf zu schonen, meinen eigenen jedem Gerücht preisgegeben. Usw. Was Berti nicht sieht, nicht ermessen kann: Ursulas Enttäuschung. Die Wucht dieser Enttäuschung. Die alles zerstörende, nichts übrig lassende Wucht dieser Enttäuschung. Betrug in einem Ausmaß ohne Vergleich. So etwas hat es noch nicht gegeben. Mit nichts vergleichbar. Ausgelöscht wird jede Sekunde unserer Ehejahre. Hereingelegt wurde sie Tag und Nacht und Jahr für Jahr. Und gestern Abend bei Esther und Art Dickinson gab es nur EIN Thema: double life. Esther Dickinson ist Politikerin. Bei den letzten Wahlen dirigierte sie die Kampagne in Maryland. Zu fragen, für welche Partei, wäre eine Beleidigung gewesen. Tatsächlich interessiert es mich auch nicht. Das von Esther intonierte und den Abend lang durchgehaltene Thema war eben: leading a double life. Die Leute, die mir mit so etwas kommen, wissen ja nicht, dass sie im Auftrag höchster Moralkontrolle agieren. Das strotzend reiche Englisch bietet dafür zehnmal so viel wie unser Schlichtdeutsch. Jedesmal wenn Esther ihr Berufsthema streifte, flocht Art ein: You've done a hell of a job. Er wollte sie offenbar auf ihr Berufsfeld lenken, aber sie war schon wieder bei double crosser, double dealer und anderer doubleness. Sie ist klein, aber fest. Er ist riesig, aber lotterig. Beide haben die Haare so kurz wie möglich geschnitten. Einmal sagte er noch sehr deutlich, Esther sei an ardent collector of dolls. She's planning to create dolls and perhaps market them. Esther durfte sich, von höchster Moralinstanz beauftragt, nicht ablenken lassen. Sie sei eine Migränefrau, und Migränefrauen seien gesegnet und geschlagen mit einer Empfindlichkeit, die auch auf die geringste Spur von Doppelleben sofort mit Alarm reagieren muss. Egal, ob es sich da um Gedanken, Gefühle oder Objekte handle. Alles, was vor einer Migränefrau verheimlicht wird, entdeckt sie, weil es ihr verheimlicht wird! Zum Glück fragte Esther nicht, ob meine Frau eine Migränefrau sei. Ursula ist eine. Jeder Föhneinbruch eine Folter. Hier zu sagen, Ursula habe zwei Jahrzehnte lang nichts entdeckt, wäre eine Geschmacklosigkeit gewesen. Ich hätte sagen müssen: Solange eine Frau erlebt, dass man sie liebt, ist sie überhaupt nicht misstrauisch.

Als Art mich zum Auto begleitete, entschuldigte er sich dafür, dass seine Frau von diesem overriding issue nicht mehr losgekommen sei. Und bat um mildernde Umstände für sie, extenuating circs. Esthers Vater, ein Harvard-Professor für Moralphilosophie, sei ein Extremist der double standards gewesen. Das nächste Mal, sagte Art, sind wir heraus aus all dem, nämlich bei Platon. Ihm selber, ließ er noch wissen, sei nie ein Doppelleben gelungen. Ein einfaches Leben allerdings auch nicht. Mit dieser eindeutigen Vieldeutigkeit entließ er mich. Zurück zu mir. (Falls ich je weg war!)

Berti sieht nur meine Flucht. Er sieht sich als den Verlassenen. Seine Mutter wurde von ihrem Mann verlassen, als sie mit Berti schwanger war. Angeblich war es ein Versprechen gewesen: Keine Kinder. Der Mann ist Archäologe. Spezialgebiet: Keltengräber. Er arbeitet seit Jahrzehnten an seinem Standardwerk: Europa, ein Keltengrab. Die Kelten, unsere Indianer. Berti hat sich früh in eine Verantwortung hineingelebt. Seinetwegen ist seine Mutter von ihrem Mann verlassen worden. Und jetzt sollte er seine Mutter verlassen? Niemals.

Augustus, wie unfest bin ich! Als ich noch auf Bertis Ankunftsdatum wartete, bin ich mit meinem Mercury Marquis nach Washington gefahren. Geschaukelt eher als gefahren. Dank der redundanten Federung der amerikanischen Autos. Ich wollte Bertis Ankunft proben. Und habe mir dort zwei Tage gegönnt. Das Rückgrat dieser zwei Tage war die Connecticut Avenue. Den Kopf bildet das Hilton. Da wollte ich mit Berti seine Ankunft feiern. Es lungerten nicht so viele Bettler herum, wie Platz gehabt hätten. Ich flanierte dann durch Georgetown. Wahrscheinlich das Schwabing von Washington. Ein kleiner Uraltlaster vom Land bot den feierlichen Klinkervillen Holz an für den marmorgesäumten Kamin. Sogar mir. Das muss an Hut und Jacke gelegen haben, die ich zu Bertis Empfang gerade gekauft hatte. Der Hut hellbeige, ins Grünliche gehend, und eine starre breite Krempe, an den Seiten aufgebogen wie Regenrinnen. Die Jacke allerhellstes Grün, ganz groß kariert. Mich hat es gefreut, dass mir ein Kamin zugetraut wurde. Den Tag, an dem dann Bertis Absage eintraf, hat der Kassierer im Supermarkt einen nasty day genannt. Und meine Träume haben nicht aufgehört, mich zu warnen. Ich erwarte jeden Tag die Scheidungspapiere. Ich werde sie unterschreiben, egal, was sie enthalten. Ich habe Ursula alle Daten mitgeteilt. Sie könnte anrufen. Aber das kann sie nicht. Sie ist wirklich durchdrungen von der Rechtmäßigkeit aller ihrer Empfindungen. Ebenso wie Berti. Der Unterschied: Berti bedauert, dass er nicht kommen kann bzw. dass ich abgehauen bin. Ursula ist froh, dass ich außer Landes bin.

Als ich einzog in dieses Haus, das für ein Haus zu klein und für ein Häuschen zu groß ist, wollte ich die ganze Nacht lang wach liegen auf meinem four-poster bed und die Geräusche studieren. Dann schlief ich doch ein und träumte, ich säße in einem Haus, das nur aus großen Fenstern besteht, und ich bin noch nicht richtig angezogen. Die Leute schauen aus ihren höheren Fenstern auf mich herab, und ich kann mich nicht rühren. Alle bemerken, dass ich, als ich noch versuchen konnte, mich zu bewegen, beide Beine in Angstpanik in EIN Hosenbein gezwängt hatte. Deshalb konnte ich natürlich meine Hose nicht hochziehen. So sitze ich jetzt da, angeschaut von einer ganzen Galerie von Zuschauern.

Als ich diesen Traum Frau Dr. Ferner erzählte, lachte sie. Der erste Traum im gerade bezogenen Haus sei wichtig, hatte sie gesagt, den müsse ich ihr erzählen. Dann tat sie so, als sei dieser Traum Klartext, darüber müsse man nicht auch noch reden.

Frau Dr. Ferner und ich nähern uns einer Symbiose. Wenn es ihrem Mann wieder ein bisschen besser gehe, müsse ich mit ihr hinunterfahren nach Salisbury. Aber reden mit ihrem Mann nur in Englisch. Deutsch komme für ihn nicht mehr in Frage. Sie dagegen, die eine Großmutter in Idar-Oberstein hat, kann gar nicht genug kriegen vom Deutschreden und -hören.

Wenn ich ein Komponist wäre, würde ich in Noten notieren, was die Heizkörper hier allnächtlich von sich geben. Sowohl Glasglöckchen kommen vor wie fernes Kuhgeläut. Schlimm ist jedes Mal der Augenblick, in dem die Heizung einsetzt. Die langen, dünnen, unten an den Wänden entlang liegenden Blechlamellen lärmen dann so bizarr, als breche ein Hirsch durch einen Glaswald. Dazu noch die harten Schläge einer Pumpe. Das erlebe ich jedes Mal als Strafe. Das habe ich verdient. Ich könnte mir in jedem Augenblick sagen, dass ich hier gar nicht wohnen, nicht leben kann. Ab, zurück ins Vaterland, stell dich der Schande, dem moralischen Bankrott. Dieses Haus hier wehrt sich gegen mich. Alles ist sauber. Sie haben die Bettwäsche zum Dry Cleaning gebracht. Trotzdem, es herrscht ein Geruch, der mir fremd bleibt. Es ist der Geruch des Lebens eines Ehepaars, das hier gelebt hat und das nun, um endgültig in Miami zu leben, hier ausgezogen ist. Ich kann lüften. Alle Türen gleichzeitig öffnen. Im ganzen Haus herrscht dann frische Luft. Sobald ich die Türen schließe, herrscht wieder dieser Geruch. Der Geruch des Lebens dieses Ehepaars. Soll ich die Bilder abhängen? Im Schlafzimmer, wandbreit, zwei Hunde am Rand eines Wassers, müssen den Fasanen nachsehen, die sie aufgescheucht haben und verfolgen wollen. Ja, der Chester River hat Ebbe und Flut. Das ist das einzige Tröstliche. Dass das Klo schon beim Wasser Schluckbeschwerden hat, kann ich wahrscheinlich reparieren lassen. Dir, dem Theatermann, kann das bekannt vorkommen. Jeder hat seine Rolle. Um es überhaupt in unserer Geliefertheit auszuhalten, können wir uns als Objekte eines kosmischen Castings sehen. Wenn die Heizungsbleche wieder abkühlen, weil die Heizung aussetzt, finden rundum kleine scharfe Explosionen statt. Man möchte es sich leisten können, geräuschunempfindlich zu sein. Nicht mehr zusammenzuzucken.

Ich habe mich mit Ursula nicht auseinandergesetzt. Ich habe nicht versucht, mich zu rechtfertigen. Das hat mir meine im Beruf erworbene Kondition doch ermöglicht. Ich habe die Vorwurfslawinen über mich ergehen lassen. Vielleicht war Ursula auch enttäuscht von meiner Reaktionslosigkeit. Ich habe zugehört. Aufmerksam. Keine Mimik. Nur aufmerksam. Dass es mir leidtut, alles, habe ich einmal ganz deutlich ausgesprochen. Ich habe mich dafür entschuldigt, dass ich sie in diese Lage gebracht habe. Sie hat nicht aufhören können, mir das und das und auch noch dieses und jenes vorzuwerfen.

Ich werde mein erstes Semester hier mit einem Seminar zu Platons *Politeia* bestreiten. Darin mein Thema: Gerechtigkeit. Weil ich mich hier nicht auf Deutsch beschränken darf, lese ich jetzt jeden Tag Englisches. Zum Beispiel den *Webster*, dieses bewundernswerte Auskunftsbuch. Gestern stieß ich auf das Wort *spiteful.* Das Wort versteht man natürlich ohne Lexikon. Es heißt ja genau das, wonach es klingt: spiteful. Dann im *Webster:* a desire to inflict a wrong or injury on someone, usually in return for one received. *Spiteful* implies a mean or malicious desire for (often petty) revenge: a spiteful attitude toward a former friend (or wife, ergänze ich da!). *Revengeful* is a strong word, implying a deep, powerful, and emotional intent to repay a wrong: a fierce and revengeful spirit. Und noch: the unvorgiving nature of the avenger.

Sollte ich das nicht für Ursula kopieren? Diese Sprache ist auch ein Asyl. In ihr ist dafür gesorgt, dass ich empfinden kann. Vielleicht werde ich vollkommen auswandern. Fort von all diesen deutschen Wörtern und Sätzen, die mich verfolgen. Das tun sie nämlich. Something of the sort.

Und Platon. Noch lese ich ihn auf Griechisch und Deutsch. Aber wenn ich ihn auf Englisch lese, bin ich angekommen in diesem Land der Freien.

Entschuldige!

Nur dass auch du siehst, wie viel Hilfe es gibt, wie viel Zuflucht. Platon: … so lasst uns den Gerechten neben den Ungerechten stellen, den schlichten und biedern Mann nach Aischylos, der nicht gut scheinen will, sondern sein. Das Scheinen muss man ihm also nehmen. Denn wenn er dafür gelte, gerecht zu sein, so werden ihm Ehren und Gaben zufallen, weil er als ein solcher erscheint. Also wird es ungewiss sein, ob er des Gerechten wegen oder der Gaben und Ehren wegen ein solcher ist. Er werde also von allem entblößt außer der Gerechtigkeit und in einen ganz entgegengesetzten Zustand versetzt als der vorige. Ohne irgend Unrecht zu tun, habe er nämlich den größten Schein der Ungerechtigkeit, damit er uns ganz bewährt sei in der Gerechtigkeit, indem er auch durch die üble Nachrede und alles, was daraus entsteht, nicht bewegt wird, sondern unverändert bleibe er bis zum Tode, indem er sein Leben lang für ungerecht gehalten wird und doch gerecht ist. Also sagt dann der, der die Ungerechtigkeit lobt, dass der so gesinnte Gerechte gefesselt, gegeißelt, gefoltert, geblendet an beiden Augen werden wird, und zuletzt, nachdem er alles mögliche Übel erduldet, wird er noch aufgeknüpft werden und dann einsehen, dass man nicht gerecht sein, sondern scheinen wollen muss. Also wäre, was Aischylos sagt, weit richtiger, wenn er es von dem Ungerechten gesagt hätte. Der nämlich will nur gut scheinen und nicht sein. Also wird ihm alles, was der Gerechte zu durchleiden hat, erspart.

Das, lieber Herzensfreund, ist ein Maßstab, eine Benchmark! Lies das dreimal hin und her, dann geht Dir vielleicht der Anspruch dieser Sätze auf. Wenn der Gerechte als Gerechter auftritt, wird er dafür geehrt, und es ist nicht mehr sicher, ob er nur gerecht ist, weil er gepriesen werden will. Also muss der Gerechte sich so aufführen, dass er verachtet wird. Nur dann ist sicher, dass er gerecht ist. Mir schwebt ein moralisches Verstummen vor. Schluss mit den Rechtfertigungsparaden. Hätte Platon in Südeuropa ein platonisches Staatennetz schaffen können, wäre Jesus gar nicht mehr nötig gewesen usw. Nicht mehr in Frage kommen. Darauf kommt es an. Und werde gleich vom nächstbesten Traum ins Kreuzverhör der Moral gestoßen.

Da stehe ich dann mit Judith an unserer Gartentür, die Straße herauf schießt ein schwarz gleißender Pickup Truck. Das Auto, das in Starnberg nicht vorkommt. Darin ein Italiener. Mario Santi, sagt er. Aber keine Pizzabäcker-Schönheit, sondern reines Florenz, Uffizien, ein erstklassiger Renaissance-Italiener. Er muss Judith abholen, zu der Party in Tutzing. Judith steigt ein. Er sagt zu mir und zu ihr zugleich: Wer meckert, steigt aus. Judith sagt: Fahr ab! Sie rasen die Straße hinunter. Ich wache auf.

Träume sind das wirkliche Geschichtsbuch. Wer meckert, steigt aus. Dieser Satz fiel vor über zehn Jahren, als wir, Judith und ich, mit unserem Freund Micha nach München fuhren und Judith immer wieder vorlaute Bemerkungen über Michas Fahrstil machte, bis er reagierte: Wer meckert, steigt aus. Ich kann in jeder Sekunde von Judith, von Ruth, von Ursula oder eben von Berti träumen. Da kann ich noch so sehr mein moralisches Verstummen trainieren. Die Träume sind unzähmbar. Und folgen offenbar einem moralischen Oberkommando. Ich spüre eine Sehnsucht nach einer Utopie.

Ich hätte, was ich gesagt habe – überall gesagt habe, da und dort, immer aus vollem, aus übervollem Herzen –, ich hätte das alles nicht sagen sollen, nicht sagen dürfen. Für sich sein und bleiben. Das ist das Einzige. Das ist Utopie! Leben in einem Garten. Ganz und gar inhuman! So unvorbildlich wie möglich! Aussteigen aus jeder Humanität. Die ist eingeteilt in Schläger und Geschlagene. Wer beides nicht sein will, muss für sich sein. Und wäre das das Nichtssein. Aber dann bist du kein Lehrer mehr.

Wenn es mir langweilig werden würde. Das ist etwas, was im ersten Anflug den Rang einer Sünde erreicht und in mir prompt jenen Schrecken produziert, den früher die Sünde ausgelöst hat. Nichts ließ das Dasein so spürbar werden wie die Sünde. Inzwischen gibt es keine Sünde mehr, also auch keine Möglichkeit mehr, das Dasein in einem einzigen Schreckmoment durch und durch zu empfinden. Höchstens wenn ich mir eingestehen müsste, dass ich mich langweile. Ich sage mir sofort präventiv: Nichts ist mir unbekannter als Langeweile. Und schon empfinde ich mich als

Heuchler. So nahe bin ich also der Sünde gekommen, dass ich mich wieder heuchelnd empfand. Wie früher.

Das nach Miami gezogene Professorenpaar hat einen *National Geographic Reader's Digest* hinterlassen mit einem Quiz, das so überschrieben ist: Are You a Genius?

Ich bin ein Lehrer. Einmal pro Stunde laut und deutlich: Ich bin ein Lehrer. Ich habe inzwischen einen Assistenten. Steve. Hat in Harvard seinen Ph. D. in Sanskrit gemacht. Man braucht in den USA nur drei Doktoren mit Sanskrit. Und die hat man. Steve hat, solange seine Bewerbungen nirgendwohin führten, in NY Fund Raising Parties organisiert. Immer von 100 000 Dollar aufwärts. Er ist glücklich, in Chestertown und bei mir gelandet zu sein. Er ist so zart wie genau. Vor allem: Er ist leise! Es gibt bei ihm, von ihm keinen lauten Ton. Das allein mutet mich paradiesisch an. Ursula war immer laut. Schön laut. Aber laut. Ich erzählte ihm heute, was mir nachts passierte. Am Rand der Kloschüssel eine Spinne, ich schiebe ihr Papier hin, nach anfänglichem Misstrauen akzeptiert sie die Papierbrücke, ich will sie zum Fenster tragen, aber sie lässt sich, ohne dass ich das bemerke, vom Papier auf den Boden fallen, sie ist nicht mehr in meiner Papierrolle. Die werfe ich also in die Kloschüssel, da kommt sie aus dem Papier hervor, jetzt im Wasser, klein, klumpig, bewegungslos. Also ertrunken. Schade. Aber auf einmal entfaltet sie sich wieder und seilt sich an einem Faden, den sie offenbar beim Fallen ausgeworfen hat, seilt sich aus dem Wasser in die Höhe. Ich biete ihr, sobald sie aus dem Wasser ist, wieder Papier an. Sie akzeptiert. Diesmal gelingt es, sie zum Fenster zu tragen. Sie ist draußen. Ken lachte lautlos und sagte, dass er jederzeit zur Verfügung stehe. Mit Spinnen kenne er sich aus, weil er einen Sommer lang in Middlebury einen Hausmeister vertrat und eingeschärft bekam, keine der hunderttausend Spinnen, die dieses Haus eingesponnen hatten, zu stören, weil der Besitzer einerseits ein Astrophysiker, andererseits ein spider fan sei. Steve hat immer seine Hände zu Fäusten geballt. Zu Fäustchen, muss man sagen, denn seine Hände sind nicht gewaltig. Aber er wirkt entschlossen. Als er jetzt mit mir sprach, versuchte er, seine kleinen Fäuste in die Taschen seiner most fitting Jeans zu stecken. Das ging natürlich nicht. Steve ist verheiratet. Wilma ist vierzehn Jahre älter als er. Das sagte er lachend. Es sei der ideale Kompromiss! Da man die eigene Mutter nicht heiraten soll, heiratet man eine Frau, die es fast sein könnte.

Ich wundere mich nicht darüber, dass ich in der nächsten Nacht wieder von Eli träumte. Eli saß auf meinen Schultern, ich trug ihn herum und war, glaube ich, stolz darauf, dass ich ihn tragen konnte. Aber ich wollte gern mehr haben von ihm, wollte ihn herunterziehen zu mir. An meinen Mund. Das gelang überhaupt nicht. Er saß auf meinen Schultern wie angewachsen. Als ich aufwachte, blieb mir das Zwielicht, in dem der Traum stattfand, in Erinnerung. Und immer erkenntnisgierig dachte ich: In meinen Träumen ist es nie hell. Nie scheint da die Sonne. Meine Träume sind nie besser beleuchtet als das 19. und das 18. Jahrhundert.

Lieber Herzensfreund, es ist doch so: Ich hüte eine Wunde und sorge dafür, dass sie nicht heilt! Ob das alles wahr ist?

Ich bin unfähig, den Zustand anzuerkennen. Ursulas und Bertis Sätze tanzen auf mir herum. Die Sätze führen sich auf in mir. Aber ich kann sie mir nicht beibringen.

Ich kann mir das Hoffen nicht abgewöhnen. Wenn ich hier um drei Uhr nachts aufwache, denke ich, dass drüben schon Vormittag ist, ich könnte also angerufen werden. Dann denk ich: Zusammenbrechen, das wär's. Dann sage ich mir: Wenn heute nichts kommt, nichts von Berti, nichts von Ursula, dann ...

Ja, was dann? Gar nichts. Wenn nichts kommt, warte ich weiter. Dann frage ich mich nachts um drei: Wo tut es weh? Zeig mir die Stelle, bitte! Und das nächste Mal sage ich mir: Du lebst davon, dass dir was wehtut. Was wärst du ohne diesen Schmerz. Sehnsucht, verfluchte, hör auf! Lass mich hier sein, wo es mir gefällt, gefällt, gefällt! Denk dran: Nacktheit meiden! Vor allem: Nacktheit und Spiegel! Durch Nacktheit und Spiegel nimmt alles zu! Dann die Wörter. Die Angebote. FREUDLOS bietet sich an. Freudlos für immer. Wie lang ist das: immer? Und: allein sein. Solang ich andauernd über mich hinausdenke, bin ich nicht allein. An nichts denken. Das will gelernt sein. Nicht nichts denken, sondern an nichts. Ich wünsche jetzt: Leere. Ekel vor allem. Eine Liebe zur Leere. Zum Nichts. Eigenschaftslos. Schwerelos. Und schon rast die Illusion. Zurück zur Bewegungslosigkeit. Erstarren.

Ursula schrie: Ich habe es satt. Ich soll sagen: Ich habe mich satt. Aber wenn ich mich umbrächte, was ich nicht schaffe, würde sie sagen: Das habe ich nicht gewollt. Ich möchte ihr schreiben. Und Berti schreiben. Ich möchte uns drei feiern. Platon: dass der so gesinnte Gerechte gefesselt, gegeißelt, gefoltert, geblendet an beiden Augen werden wird, und zuletzt, nachdem er alles mögliche Übel erduldet, wird er noch aufgeknüpft werden und dann einsehen, dass man nicht gerecht sein, sondern scheinen wollen muss. Für *gerecht* kannst du einsetzen *gut.* Also, bis dahin ist noch Zeit. Aber auf dem Weg bin ich, hoffentlich. Wenn ich ins Englisch auswandere, kann ich mich vielleicht zum Schweigen bringen. Man hat keinen Feind außer sich selbst. Das ist tröstlich. Jeder, den du bisher für einen Feind gehalten hast, war doch nur jemand, dem ich aufdringlich Anlass gegeben habe, mir etwas Schmähliches zuzufügen. Die sich jetzt gerade mir ahndend zuwenden, sind bald genug froh, wenn ich ihnen verschwunden bin. Nur ich bin für mich unabschaffbar. Ob ich am Handy-Tropf hänge oder hinübersinne über den Atlantik, ich bin mir sozusagen ausgeliefert. Und wie ich in the long run mit mir umgehe, weiß ich nicht. Ich bin dem Asklepios einen Hahn schuldig.

Von Herzen Dir zugetan,
Dein Hans Georg

PS
Aufgegeben, in der Loge violetter Dämmerung, schau ich ins breite Abendgold.

Ein Bein bestätigt das andere. Mein milder Untergang umarmt mich.

Ich tose vor Begeisterung und Stille.

Zum Glück kläfft wieder ein Hund den Schmerz heraus, den ihm der Abend macht, weil er allein gelassen wurde. Bald hätte ich gesagt: Kläfft er seinen und meinen Schmerz heraus, weil wir allein gelassen wurden.

Dein H G

Augustus muss sofort antworten.

Lieber Hans Georg, mein Freund,
manchmal glaube ich: Um zwei oder gar drei Menschen ein bisschen friedlich zu stimmen, muss man so viel Kraft und Geschick haben wie Bismarck, als er die Nationen Europas ins Friedliche lenken wollte. Ganz hat er's dann ja auch nicht geschafft. Ich habe nie einem Satz heftiger zustimmen können als dem Satz eines Schauspielers, der Alkoholiker war: Möglichst wenig schädlich sein. Vier Wörter, kein bisschen bril-

lant, aber für mich das, was ich tun möchte. Erfolglos bisher. Im Gegenteil. Jeder Tag lässt das Schuld- und Schadenskonto steigen.

Lieber Hans Georg, vielleicht lande ich bei Dir. Vielleicht landest Du bei mir. Wo auch immer wir landen, lass uns möglichst wenig schädlich sein. Sagt nicht Platon, sondern Kurtchen.

Von Herzen,

Dein Augustus

# 10

Augustus vor dem Spiegel. Er probiert einen Schlafanzug nach dem anderen und findet keinen erträglich. Am ehesten geht noch der grünlich schillernde. Aber dann zieht er auch den aus, schlüpft in eine Trainingshose, zieht ein schwarzes T-Shirt über und darüber die Schlafanzug-Jacke, die er offen lässt. Jetzt muss er noch das Licht korrigieren. Es ist einfach zu hell. Schließlich bleibt nur die Lampe, die seinen Tisch knapp beleuchtet.

Jetzt kann er sich setzen. Und zwar an den Tisch, auf dem seine Papiere liegen.

Jetzt wartet er.

Dann klopft es. Augustus springt auf, ruft dreisilbig Ja-a-aa, breitet die Arme aus, herein kommt Schwester Alexandra und stellt sich vor.

Schwester Alexandra.

Entschuldigung. Das muss ein Irrtum sein.

Ich musste einspringen. Schwester Ute kommt nicht. Kann nicht. Sie hat, für alle überraschend, gekündigt. Etwas Privates. Das kommt ja vor. Manchmal. Ich hoffe, Sie können mit mir zufrieden sein. Darf ich Ihren Puls …

Nein. Sie dürfen nicht, Sie müssen gehen. Glauben Sie mir. Bitte.

Schwester Alexandra weiß nicht, was sie tun soll.

Bitte, gehen Sie.

Dann lauter.

Ja!! Gehen!!

Sie geht. Augustus fällt aufs Bett, liegt lange, dann setzt er sich auf, er spricht zum Schrank hin, als sei Gerda dort. Er spricht sehr leise. Eigentlich sprechen nur die Lippen.

Gerda. Gerda, es gibt noch Schicksal. Ich habe ein Gehör dafür. Dein Plan, Ute-Marie nach Schweden zu schicken, verzeih, wenn ich den durchkreuzen muss.

Dann zieht er die Schublade heraus, nimmt das Blatt mit Ute-Maries Text. Schaut das Blatt lange an. Irgendwann steht er auf. Er liest den Text prüfend. Nach fast jedem Satz macht er eine Pause. Er will wissen, was der Text sagt.

ALS ALLES VORBEI WAR FING ES AN
MIR WIRD HEISS WENN ICH AN DICH UND MICH DENKE
MIR WIRD ANDAUERND HEISS JETZT
DAS MACHT MICH UNFÄHIG NOCH DA ZU SEIN FÜR
ETWAS ANDERES ALS FÜR DICH UND FÜR MICH
JETZT WILL ICH NUR NOCH MIT DIR AUFWACHEN
NUR NOCH DIR MEINE TRÄUME ERZÄHLEN
NUR NOCH DIR MEINE LIEBLINGSGEDICHTE VON
ERICH FRIED VORTRAGEN
NUR NOCH DICH VON KOPF BIS FUSS EINCREMEN

NUR NOCH MIT DIR HEMDEN KAUFEN
NUR NOCH VON DIR GESCHLAGEN WERDEN
NUR NOCH DEINE ZUKUNFT SEIN
NUR NOCH DEINE WÄSCHE WASCHEN
NUR NOCH DIR MEINE PHANTASIEN VERRATEN
NUR NOCH VON DIR MICH ANFASSEN LASSEN
NUR NOCH DEINE OBERHEMDEN TRAGEN UND SONST
NICHTS
NUR NOCH EIN TATTOO MIT DEINEN INITIALEN
NUR NOCH HEMMUNGSLOS MIT DIR SEIN
NUR NOCH DIR TREU SEIN
SAG WIE MUSS ICH SEIN DASS ICH DIR WICHTIG BIN
KANNST DU DIR UNTER EINER UNTERWÜRFIGEN FRAU
MIT STARKEM WILLEN ETWAS VORSTELLEN
ICH MAG ES WENN DU MICH STÄNDIG KÜSST
ICH MAG ES WENN DU MIR BESITZERGREIFEND
ZWISCHEN DIE SCHENKEL FASST
ICH MAG ES WENN DU MICH LIEBST
ICH MAG NUR NOCH DICH
ICH BIN LEIDER WAHNSINNIG
DEINE UTE-MARIE

Er legt sich aufs Bett. Plötzlich dreht er sich um und presst das Gesicht ins Kissen. Vielleicht weint er.

## 11

Augustus liegt, starrt zur Decke. Es klopft. Er reagiert erst auf ein zweites Klopfen und schaut auch nicht sofort zur Tür, um zu sehen, wer da kommt. Vinze muss sich selber bemerkbar machen.

Guten Tag, Herr Professor. Verzeihen Sie, wenn ich störe.

Sie sind?

Andreas Breitenmüller.

Jetzt schaut Augustus hin.

Könnte es sein, dass Sie sich in der Zimmertür getäuscht haben?

Ich komme von Ute. Ute Wiese.

Augustus richtet sich jäh auf.

Oh! Nehmen Sie Platz. Bitte.

Vinze setzt sich auf das Sofa, auf dem bis jetzt noch niemand saß. Augustus hat sofort den Morgenmantel an, schlüpft in die Schlappen. Geht hin zu Vinze. Zeigt, dass er ihm den Wintermantel abnehmen will. Vinze steht auf, Augustus nimmt den Mantel und hängt ihn auf. Als er direkt vor Vinze steht, sieht er, dass der deutlich größer ist als er.

Entschuldigen Sie, bitte, Ihr Name war …

Andreas Breitenmüller. Ich ahne, dass Ute, sollte sie mich Ihnen gegenüber überhaupt erwähnt haben, dass sie mich Vinze genannt hat.

Vinze, natürlich. Von Vinze hat sie erzählt. Und Sie sind Andreas UND Vinze?

Das ist ein Miniproblem zwischen Ute und mir. Ich heiße bei allen, die mich kennen, Andi. Ute war vom ersten Tag an gegen Andi. Das sei ein Name für einen Zwölfjährigen. Sie hat sofort aus Vinzenz, meinem zweiten Namen, Vinze gemacht. Und sie ist ja, wie Sie nicht wissen können, sehr eigensinnig, um nicht zu sagen, schwer belehrbar. Wenn wir bei meiner Mutter sind, nennt sie mich Vinze. Nachher ruft meine Mutter mich an und fragt, was das bedeutet, dass Ute mich Vinze nennt statt Andi. Dann muss ich ihr wieder erklären, dass Ute Andi nicht gut findet.

Ich finde Vinze auch besser. Entschuldigen Sie.

Irgendwann schafft sie es, dass ich nur noch Vinze heiße.

Sie heißt ja auch nicht nur Ute.

Sondern?

Ute-Marie.

Ich finde, Ute passt perfekt zu ihr. Und Ihnen hat sie gesagt, dass sie auch noch Marie heißt?

Hat sie.

Dass sie das mir gegenüber nie erwähnt hat, zeigt, wie unwichtig ihr die Marie ist. Und Namen sind ihr doch wichtig. Wenn wir nächste Woche heiraten, soll sie eingetragen werden als Ute Breitenmüller-Wiese. Das hat sie ihrem Vater versprechen müssen, dass sein Name nicht verschwindet. Ein ziemlich schräger Typ, ihr Vater. Hauptsächlich Historiker. Es würde mich wundern, wenn sie den nicht erwähnt hätte.

VSD.

Genau. Das ist seine fixe Idee. Darum will er auch, dass der Name Wiese bleibt.

Habe ich das richtig verstanden? Sie heiraten nächste Woche?

Ja, müssen wir. Ich kann nicht allein ein Jahr nach Schweden für Radisson. Und heiraten wollten wir ohnehin. Also wird eben vorher noch geheiratet. Ich hatte ja vor, in Wolfratshausen für uns ein Haus zu bauen. Dann hätten wir geheiratet und wären am Tag der Hochzeit eingezogen in das Haus, das ich gezeichnet und berechnet und geplant habe. Sozusagen bis auf den letzten Nagel. Jetzt wird zuerst geheiratet, dann, nach dem Schweden-Jahr, wird gebaut, dann ziehen wir ein.

In Wolfratshausen.

Ja. Den Platz habe ich vor fünf Jahren gekauft. Ute kennt meine Zeichnungen. Sie wurde gefragt, ob sie einverstanden ist: die Wohnzimmer-Decke aus serbischer Fichte, die Türen aus norwegischer Fichte, das Balkongeländer aus gedrechselter Eiche. Vier Kinderzimmer. Im Souterrain meine Erfinderwerkstatt mit allen Maschinen und an der Wand der Satz, mit dem unser Informatikprofessor immer eröffnet hat: Wenn dies auch der Wahrheit zu widerstreiten scheint, so müssen wir doch der Rechnung mehr vertrauen als unserem Verstand. Dazu die Jahreszahl 1752. Leider weiß ich nicht mehr, von wem der Spruch ist. War ein Franzose. Das bring ich noch raus. Vielleicht lass ich auf einer Wand noch ein paar wichtige Algorithmen aufmarschieren. Oder mache selber noch einen Spruch. Eine Erfahrung, zum Beispiel: Wer seine Interessen vertritt, verrät sich. Oder ist das zu ... zu ehrlich? Wird sich zeigen. Ja, ich habe ziemlich ehrgeizig geplant. Rollläden auch zu nicht rechteckigen Fenstern, also an der Dachschräge entlang zu spitz zulaufenden Fenstern. Mir ist einiges eingefallen. Der Swimmingpool wird mit Solar-Energie geheizt. Überhaupt wird Gas, Pellet und Solar so kombiniert, dass unsere Energiekosten unglaublich gering sind. Alles dreimal verglast. Ich bin ja für Autarkie. In allem. Heute bin ich Software-Ingenieur. Und selbständig. Angefangen habe ich bei Wacker. Dann mit sechs anderen ausgestiegen. Eine Firma gegründet. Dann wieder ausgestiegen. Allein eine Firma gegründet. Ich weiß, wie unwichtig du für einen anderen bist, es sei denn, er braucht dich gerade. Und wie unwichtig sind andere für mich, es sei denn, ich brauch sie gerade. Ute und ich brauchen einander. Aber trotzdem – und jetzt kann ich endlich sagen, warum ich hier eingedrungen bin –, trotzdem haben wir Sie gebraucht! Ute ist, seit sie Sie kennengelernt hat, eine andere geworden. Ich will gar nicht versuchen, das zu beschreiben. Wir sind seit Jahren für unsere Zukunft verabredet. Wir haben ein paar Hoffnungen gemeinsam. Wir wissen, was wir wollen und was wir keineswegs wollen. Wir wollen zum

Beispiel nicht spießig werden. Uns ist beiden nichts so grauenhaft wie Spießertum. Und so weiter. Aber durch Sie, Herr Professor, ist Ute, wie soll ich das ausdrücken, es ist wie ein Schub, ja, Sie waren für Ute ein Schub. Motorenmäßig gesagt: Sie sind für Ute Turbo. Sie hat jeden Tag von Ihnen erzählt. Von fünf bis acht sind wir ja jeden Tag zusammen. Ich komme um fünf heim, sie muss um acht weg. Aber in den drei Stunden war fast nur noch von Ihnen die Rede. Ich war schon drauf und dran, eifersüchtig zu werden. Aber Ute hat mir klargemacht, dass ich in einer anderen Liga spiele als Sie. Wir sind sozusagen unvergleichlich, Sie und ich. Sie sind ein ... ein – ein Wesen aus einer anderen Welt. Klar. Ich war noch nie in einem Theater. Außer einmal. Ein Musical. Ich darf mich bei Ihnen bedanken. Ute ist freier geworden durch Sie. Ohne dass ich das jetzt mit Worten oder Handlungen belegen will. Sie hat ein paar Sätze gesagt, die sie früher nicht gesagt hätte. Egal, ob ich diesen Sätzen zustimme oder nicht. Mich haben sie beeindruckt, diese Sätze. Zum Beispiel: Schranken errichten ist wichtiger, als sie einzureißen. Ich bin fürs Materielle, Ute fürs Geistige. In meinen Wacker- und Mercedes-Aktien wächst unsere Zukunft. Dass ich gerade auf die winterliche Yen-Schwäche gewettet und im Handumdrehen zwanzigtausend Euro verdient habe, muss ich, weil's im Moment passiert ist, ausplaudern. Autarkie! Aber dass Ute einmal im Monat in die Oper muss, gehört auch dazu. Ich wart immer im Franziskaner, bis es aus ist. Sie ist dann immer ganz ... ganz high. Sozusagen. Aber Sie haben ihr das Theater erschlossen. Sie will in Zukunft einmal im Monat ins Theater. Vor allem in dieses Stück, ich komm jetzt nicht auf den Namen.

Die Möwe.

Ja. Die Möwe. Davon schwärmt sie richtig. Also, Herr Professor. Gekommen bin ich, um zu danken. Dass es Ihnen besser geht, hat Ute berichtet. Irgendwann sieht man sich vielleicht wieder. In Wolfratshausen, zum Beispiel. Oder sogar im Theater. Nach dem, was Ute erzählt hat, wäre das Theater mehr für mich als die Oper.

Er ist aufgestanden. Augustus hat ihm den Mantel gereicht. Den nimmt er über den Arm. Und geht zur Tür.

Also, alles Gute. Und dankbar bleiben wir Ihnen.

Er geht jetzt, weil er sieht, dass Augustus nichts mehr sagen will.

Als die Tür zu ist, geht Augustus zum Bett, zieht den Morgenmantel aus, legt ihn über das Fußende des Bettes. Dann legt er sich auf das Bett, starrt zur Decke. Dann sagt er leise:

Das war ein Überfall.

Und noch leiser:

Hilfe.

Und wieder einmal hebt er die Arme, die Hände über den Kopf, bis die Hände einander finden. Dann versucht er das Tschechow-Lachen. Es gelingt ihm nicht. Dann liegen die Hände auf beiden Seiten neben ihm.

# 12

Es klopft, und zugleich geht die Tür auf. So tritt immer nur der Professor ein, begleitet von einem Arzt und einer Assistentin. Sobald er sieht, dass Augustus angekleidet am Tisch sitzt und jetzt aufsteht, sagt er leise etwas zum Arzt und zur Assistentin. Die gehen dann wieder. Professor Overath scheint sich darüber zu freuen, dass sein Patient so vor ihm steht und ihn händeschüttelnd begrüßt.

Das ist es, was der Arzt am liebsten sieht: ein Patient, der selber aufsteht und so zeigt, er sei geheilt. Oder täusche ich mich? Oder täuschen Sie mich? Ich bin immer für die freundlichste Bedeutung. Auf Ungutes bitte ich extra aufmerksam gemacht zu werden. Jedes Mal nach der Visite fällt mir ein, was ich Ihnen eigentlich sagen wollte. Inszenierungen, die ich von Ihnen gesehen habe, sind wieder wach geworden in mir. Wegen Ihrer *Antigone* bin ich bis nach Salzburg gefahren. Ungeheuer ist viel und nichts ungeheurer als der Mensch. Das haben Sie mir eingebläut. Komisch genug. Den antiken Chor als Horde junger Mädchen. Cheerleader Girls! Mit allen möglichen Musikinstrumenten. Sie blasen, trommeln und zupfen, und kein Ton. Das wirkte gespenstisch.

Und war falsch, falsch, falsch! Der Zeigefinger! Gemacht habe ich das nur wegen des einzigen Satzes, den jeder kennt aus der Antigone. Ungeheuer ist viel und nichts ungeheurer als der Mensch. Sie haben ihn behalten.

Entschuldigen Sie, den Satz kannte ich schon vor Ihrer Inszenierung.

Den Satz kann heute keiner mehr aussprechen. Sage ich. Den kann man denken, lesen, aber nicht sagen. Darum die Transparente! Die Cheerleader Girls tragen den Satz zehnmal hinter einander. Und dazu hätten sie ihren Trommelpfeifmusiklärm machen müssen, dass jeder, der sehen will, sieht: Oben die feinen Sprüche, an die keiner mehr glaubt, unten das tosende Leben. Es war eine Qual, dieses Stück der Unglückshäufung zu inszenieren. Muss das sein? Darf das sein? Gehorsam, Herr Professor. Zugeben, wir sind unrettbar. Das habe ich inszeniert, ohne daran glauben zu wollen. Ungeheuer ist viel und nichts ist ungeheurer als der Mensch. Das zehnmal hinter einander. Ich hätte nicht gewusst, wie ein Chor das hätte aussprechen sollen. Zehnmal hinter einander. Der Zuschauer ist selber schuld, wenn er es zur Kenntnis nimmt. Eine höchst indirekte Mitteilung.

Und je wichtiger die Mitteilung, desto indirekter.

Sie sind ein Regisseur, Herr Professor.

Ich inszeniere jeden Tag Auftritte und Szenen. Das stimmt schon.

Ich habe bei Ihnen gelernt, dass das, was wir wahrnehmen, nicht das Wahrgenommene ist, sondern das, was unser Gehirn daraus macht.

Die Netzhäute sind nach außen verlagerte Teile des Gehirns. Was wir sehen, wie wir sehen, ob wir sehen, alle Wahrnehmung ist doch eine Botschaft aus dem Innersten. Natürlich war schnell klar, was eine Aufregung in Ihrer Sehnervenkreuzung angerichtet hat, aber dann kamen Sie! Ihre unwillkürliche Gegensteuerung. Das hat dem Fachmann imponiert. Wie Sie mir diesen Prozess verkauft haben, Sie verzeihen mir das derbe Wort, das wurde mir zu einer Geschichte. Ich habe gelernt. Und gestaunt.

Ich habe gespürt, zu wem ich rede.

Jetzt sprechen wir von Frau Wiese?

Die gekündigt hat, heiraten muss, nach Schweden muss. Ein unwürdiger Verlauf. In einem Theaterstück würde man sagen: Unbefriedigend. Eigentlich unannehmbar.

Machen Sie's annehmbar, mein Lieber. Auf der Bühne. Was hier nicht geht, dort geht's vielleicht.

Unwürdig bleibt unwürdig. Das heißt: Unglaubwürdig. Und das heißt: Ich glaube nicht daran. Tut mir leid, ich kann nicht.

So werde ich doch noch zum Akteur. Die von mir immer hoch geschätzte Frau Wiese, die ich habe in eine schicksalsähnliche Verstrickung geraten sehen, die sich mir gegenüber sehr schnell offenbart hat, um den Vorgang von allem Skandalhaften zu befreien, die ist jetzt, das heißt gestern, zu mir gekommen, hat mich gebeten, ihre Kündigung rückgängig zu machen, sie hier arbeiten zu lassen. Unter zwei Bedingungen: Sie kann hier erst wieder arbeiten, wenn Professor Augustus Baum nicht mehr Patient ist. Zweitens: Nicht mehr als Nachtschwester. Nie mehr, hat sie gesagt. Und weil sie nichts als schätzenswert und einfach umfassend talentiert ist, habe ich zugestimmt! Sie wird von jetzt an Leitende Schwester sein. Diese Stelle ist gerade frei geworden. Aber da ich Sie hier zum Gehen gekleidet finde, darf ich annehmen, dass ich nicht der Bote von ganz Neuem bin.

Ich danke Ihnen. Ich setz mich noch einen Augenblick. Lieber Herr Professor. Adieu.

Ein Händedruck, eine letzte Verständigung durch Gesten.

An der Tür dreht sich der Professor noch einmal um, sieht, dass Augustus steht wie erstarrt, nimmt das wahr und reagiert dann als Arzt.

Und wenn es in der Sehnervenkreuzung noch einmal zu einer Kollision kommt, bitte, zählen Sie auf mich. Ich bin immer da für Sie. Adieu.

Dann geht er. Augustus kommt nicht bis zum Tisch. Er fällt sozusagen auf das Sofa und sitzt halb und liegt halb und rührt sich nicht mehr. Er hat so lange ausgehalten, hat so lange nicht merken lassen, wie ihn, was der Professor mitteilte, traf. Jetzt ist seine Fassung hin. Jetzt weiß er nicht mehr, wie er, was ihm gesagt wurde, ertragen soll. Zusammenbrechen? Wahrscheinlich geht dergleichen in ihm vor. Jetzt liegt er halb und sitzt halb und ist nichts als erstarrt. Wenn er es in ein Wort fassen müsste, hieße das vielleicht: Unzumutbar. Ja, doch. Das träfe, wie ihm zumute ist, am ehesten: Unzumutbar.

# 13

Augustus fängt an, sich zu bewegen. Er vergewissert sich. Ist die linke Hand noch beweglich? Und die rechte? Kann er sich aufrichten? Die Beine, was ist mit den Beinen?

Endlich kann er es riskieren, aufzustehen. Von da an nimmt seine Bewegungsmöglichkeit rasch zu. Man könnte auch sagen: rasant zu. Sobald er zurück ist in seinem Körper, fängt er an, das Zimmer in eine Bühne zu verwandeln. Als Erstes schiebt er das Sofa vor die Tür. Dann schiebt er das Bett zu den Fenstern hin. So entsteht Raum. Das geschieht nicht hektisch oder panisch, sondern ruhig, überlegt. Er weiß, was er will. Es ist ja Tag jetzt. Das kann er nicht brauchen. Er zieht die Vorhänge zu und macht Licht. Sein Tisch steht jetzt mitten in dem Raum zwischen dem Bett und dem Sofa. Die zwei Sessel und die zwei Stühle werden zu Seitenbegrenzungen. Er geht um den Tisch herum, prüft, wo er das Publikum sehen wird, vor dem er spielen will. Dass er jetzt spielen will, weiß er. Es ist eine Selbstrettungs-Aktion. Jetzt untätig zu sein, das hält er nicht aus. Sobald er genau sieht, wo das Publikum sitzt, geht er um den Tisch herum, sodass der zwischen ihm und dem Publikum ist. Er fängt an zu sprechen, aber es ist nicht sicher, ob er für sich, zu sich spricht oder ob er schon Publikum annimmt.

Ungeheuer ist viel und nichts ungeheurer als der Mensch.

Und sagt das gleich noch mal. Sagt es ohne Betonung. Sagt es so, wie man etwas sagt, dessen man absolut sicher ist. Man muss niemanden mehr von dem, was man da sagt, überzeugen.

Ungeheuer ist viel und nichts ungeheurer als der Mensch.

Er hat angefangen, um den runden Tisch herumzugehen. Als er wieder da steht, wo er den Tisch zwischen sich und dem Publikum hat, bleibt er stehen. Er holt aus der Nachttisch-Schublade die Pistole und legt sie auf den Tisch. Dann holt er aus dem Schrank die eierschalenfarbene Jacke mit dem dunklen Kragen, die er immer anzog, wenn Lydia kam. Die hängt er über eine Stuhllehne. Und den Hut holt er auch. Den legt er neben die Pistole.

Wenn man von mehreren Unglücken getroffen wird, muss man sich darauf konzentrieren, sie nicht zusammenfließen zu lassen. Das wäre keine Addition, sondern eine Multiplikation.

Wenn es einen Schiedsrichter gäbe, der alles genau bemisst, müsste ich jetzt als besiegt gelten. Wahrscheinlich ist die Leere, die ich jetzt spüre, das Beste, was es überhaupt gibt. Von aller Rücksicht frei. Das erst ist frei.

Frei. Und der Blutgeschmack im Mund.

Es geht mir jetzt so, wie es denen gegangen ist, die

sich auf mich verlassen haben. Aber ich klage nicht. Ich klage an.

Er geht jetzt immer schneller um den Tisch herum, während er immer schneller spricht. Das wirkt nicht gehetzt, aber sehr dringlich. Er kann, was er sagen muss, gar nicht schnell genug sagen. Und weil er so schnell, aber gar nicht gehetzt spricht, wirkt er, natürlich, auch auf sich selbst, sehr überzeugend. Dieser Text steht fest. Der muss nur noch gesagt werden. Endlich einmal. Und er ist es, der ihn sagen muss.

Ich klage an vor dem Gerichtshof der Liebe. Erster und einziger Anklagepunkt: Herrschsucht. Ihr, Dr. Gerda und Ute-Marie, ihr seid, so verschieden ihr sein mögt, ein Herz und eine Seele. Wenn es um den Mann geht. Ihr verlangt seine Unterwerfung. Immer nur dir, Gerda, immer nur dir, Ute-Marie, soll er dienen. Ich, Gerda, ich, Ute-Marie, bin deine Herrin, deine Göttin, du sollst außer mir keine Herrin, keine Göttin haben. Das ist euer Ein und Alles. Herrschen. Und dieses Herrschen nennt ihr Liebe. Ich widersage euch ein für alle Mal. In der Zukunft beherrsche ich mich selbst. Für euch verlange ich von mir Verachtung. Im Namen der Liebe. Weil ihr schuldig seid der Fälschung der Liebe zur Herrschsucht, die ihr verkündet als Liebe. Und nichts ist Liebe weniger als Herrschsucht. Nämlich das Gegenteil. Ihr versprecht dem Mann den Himmel, wenn er sich euch unterwirft. Und ihr überzieht ihn mit der Hölle, wenn er sich euch nicht bedingungslos unterwirft. Alles oder nichts ist euer Gesetz. Ich wähle: nichts. Ich weiß, wie ich mich damit strafe. Aber wenn ich wählen muss, entweder von euch gestraft zu werden oder von mir selbst, dann wähle ich die Selbstbestrafung. Ihr seid an Unnachsichtigkeit nicht zu übertreffen. Ich hoffe, dass ich mit mir gnädiger verfahre, als ihr mit mir verfahren seid. Ich bin wahrscheinlich lächerlich. Ihr seid unmenschlich. Und ihr seid böse. Denn ihr habt die Macht. Und Macht macht böse. Noch kassiert ihr täglich die Unterwerfung. Ohne die lasst ihr keinen in euch hinein. Auch ich fühle mich ausgeliefert dem, was ihr zwischen den Beinen habt.

Diese senkrecht stehende Partie Lippen zu nennen war ein wunderbarer Einfall, um diese Partie zu zivilisieren.

Dann wird von Lydia die most fitting Jeans so hochgebändigt, dass zwischen den Schenkeln wieder ein Lichtraum entsteht in Form eines Vierkantschlüssels von beträchtlicher Größe.

Ich hätte euch beide lieben können. Ihr aber könnt nur lieben, wo ihr herrscht. So absolut herrscht, wie auf keinem anderen Feld mehr geherrscht werden darf. Erst wenn die Menschheit von eurer Herrschsucht befreit ist, kann auf der Erde Friede einziehen. Das werde ich nicht mehr erleben. Zu sehr sind alle Fähigkeiten und Gewohnheiten unserer Seele und unseres Körpers formiert, deformiert von dem Herrschsuchtsgebot eures Monismus. Aber ich weiß, dass eine Zeit kommen wird, in der wird man eure Herrschsucht nicht mehr Liebe nennen dürfen. Bis dahin seid ihr meiner Verachtung sicher.

Ich müsste wieder lügen. Dich anlügen oder dich. Ich

müsste sagen: Ich liebe NUR dich. Dann dürfte ich kommen und ginge wieder im edelsten Joch, das Treue heißt.

Noch weiß ich nicht, wie ich ohne euch leben soll. Verlangt wird: die Bereitschaft, eines der unzähligen Opfer zu sein, geschlachtet auf dem Ehealtar.

Ihr seid selber Opfer der Kultur, die um euretwillen entstanden sein will. Beispiel: die Liebe zur Mutter. Die schönste und unschuldigste Liebe überhaupt. Diese Liebe wurde erfolgreich verdächtigt. Obwohl jeder wissen kann, dass Ödipus, als er mit Jokaste schlief, gar nicht wissen konnte, dass das seine Mutter ist, wird diese Liebe benützt, alle Sohnesliebe sexuell zu verdächtigen. Dass das gelungen ist, zeigt, wie hoffnungslos es ist, unsere Liebesverfassung verständlich zu machen. Alles dient undurchschauten Interessen. Unsere Träume wurden von einer sich wissenschaftlich gebärdenden Unterstellungsdisziplin mit inquisitorischem Eifer zur Indiziensammlung erniedrigt. Und es gibt kein reineres und kein unschuldigeres Geschichtsbuch als unsere Träume. Pan-Sexualismus ist angesagt. Und als ihnen das selbst zu viel wurde, haben sie noch schnell das Sublimieren erfunden. Die Frau als Sexsache. Die Moralindustrie blüht.

Heraus aus allem! Lass es hinter dir wie Kleider, die dir nie gepasst haben!

Unabhängigkeit! Das ist die letzte Utopie! Die letzte Unabhängigkeitserklärung, die noch zu leisten ist. Danach wäre auf dieser Erde an Freiheit zu denken. Aber wenn ich an diese Erklärung denke, bin ich sofort gelähmt.

Ich? Wer ist das noch? Bin ich per Du mit mir? Nein. Ich bin nicht mehr per Du mit mir. Ich muss mich behandeln, wie ich mich noch nie behandelt habe.

Frieren Sie?

Ja.

Wie fühlen Sie sich? Arm? Elend? Fühlen Sie sich nicht arm und elend?

Ja.

Also frierend, arm und elend?

Ja.

Und warum? Gestehen Sie!

Ich werde, wenn ich wieder bei mir selber bin …

Moment! Sind Sie im Augenblick nicht bei sich selber?

Nein.

Wo denn?

Vom Wunschdenken entführt. Gepeitscht von der Notwendigkeit.

Also, wenn Sie wieder bei sich selber sind, was ist dann?

Dann bin ich wieder ausgeliefert dem Blick.

Welchem Blick?

Ich werde, wenn ich vor Ute-Marie fliehe – und etwas anderes bleibt mir nicht übrig –, wenn ich vor ihr fliehe, erlebe ich, dass ich jeder entgegenkommenden Frau in die Augen schaue, ob sie den Ute-Marie-Blick hat.

Was ist das für ein Blick?

Dieser Blick ist eine Offenbarung. Eine Dringlichkeit ohne Angebot. Eine Stärke, fähig zur Schwäche.

Und wenn dieser Blick einmal vorkommt?

Dann schließ ich die Augen. Und renn ins Dunkel davon. Das muss ich hoffen.

Aus meinem wirkungslosen Kopf stiege dann, hoffe ich, ein Stückchen Stahl und leuchtete mir heim. Abwärts, aufwärts, durch einen schwarzen Wald. Rehe entsprängen der Mulde, das Fieber fiele mit dem Leben. Ich kümmerte mich nur noch darum, ob ich korrekt gekleidet sei. Und sähe zu, möglichst wenig zu schaden. Dieses von einem Alkoholiker stammende Prinzip wäre dann mein Prinzip.

Glauben Sie an ein Gelingen?

Nein.

Was also?

Der dicke Allgäuer hat gesagt, als Ute-Marie das Blut abwischte, das an seinem Katheter herauskam: Sobald sie erschienen sei, habe ihm nichts mehr wehgetan. Statt weiter zu jammern, hat er gesagt: Sie haben eine tolle Frisur.

Und?

Ich habe bei jeder Visite simuliert: Ich sehe noch nichts. Immer noch nicht. Und alles, was ich sehe, sobald ich es wahrzunehmen versuche, verschwimmt. Der Professor: Versuchen Sie, nichts mehr wahrzunehmen. Vorerst. Der Professor tat so, als glaube er mir. Er hat mich durchschaut. Ute-Marie hat ihm den Skandal gestanden. Ein Professor hat ein paar Tage und Nächte lang das Paradies produziert.

Und dann?

Dann die Vertreibung.

Also?

Nichts.

Kein Stück mehr?

Doch.

Titel?

Ums Überleben.

Sag!

Augustus sucht jetzt eine andere Position, eine andere Haltung. Er stellt einen Stuhl so an den Tisch, dass er darüber auf den Tisch steigen kann. Er holt seinen Hut, zieht seine Regie-Jacke an, dann steigt er auf den Tisch. Sobald er droben ist, prüft er die Lage. Ja, so will er jetzt stehen. Frei und beweglich und hat das ganze Publikum im Blick.

Ich rede anderen nach dem Mund. Ich soll froh sein, dass ich noch lieben kann. Liebe, die auf Gegenliebe trifft, weiß nichts von sich. Erst wenn du keine Chance hast, machst du eine Erfahrung. Wenn Liebe auf Gegenliebe trifft, sollte man gar nicht von Liebe sprechen. Es ist ein sich steigernder Austausch. Man gibt und kriegt mehr, als man gibt, und gibt noch mehr, als man kriegt, und kriegt wieder mehr, als man gegeben hat, man kriegt alles. Es ist das beste Geschäft, das man machen kann. Liebe ist etwas anderes. Die Liebe für nichts: Das ist Liebe. Nur eine nicht glücken könnende Liebe ist Liebe. Alles andere ist eine Kalkulation. Keine Chance zu haben macht aus der Liebe die innigste Krankheit, die es geben kann. Bilde dir etwas ein auf diese Krankheit. Es ist die Armut, die es mit jedem Reichtum aufnehmen kann. Du bist der wachste Mensch der Welt. Du bestehst nur noch aus Erfahrung. Du bist eine Wunde, über der die Sonne nicht untergeht. Du darfst dir einbilden, das Ziel der Geschichte zu sein. Nur was wehtut, wird Geschichte. Nur was wehgetan hat, ist Geschichte geworden. Dass es das Glück nicht gibt, war schon vorher klar. Du stehst, deine Hände strecken sich aus, deine Augen sehen genauer, als je gesehen wurde. Du bist nicht mehr zu täuschen. Du bist enttäuscht. Du bist die Wahrheit ohne Verdienst. Du bist die reine Willenlosigkeit. Du erlebst, was vor dir keiner erleben konnte. Weil deine Liebe keine Antwort fand, weil du von keiner Glücksmasche hereinzulegen warst, hast du entdeckt: das Unglücksglück. Das Unglücksglück ist das alles enthaltende, alles spendende, alles wendende Glück. Wer davon noch nichts weiß, weiß noch nichts. Und es lässt sich nur auf eine einzige Art feiern. Feiere du also das Unglücksglück. Augustus!

Er steigt vom Tisch, legt den Hut auf den Tisch, nimmt die Pistole, schießt in die Luft und ruft:

Augustus hat sich umgebracht.

Dann legt er sich auf den Boden, die Pistole neben sich, die Augen geschlossen. Sofort geht die Tür auf, das Sofa wird durch die aufgehende Tür zur Seite geschoben. Es drängen herein: der Pfleger Robert, Schwester Alexandra, der Professor, ein Arzt, eine Assistentin, Lydia, Gerda, Ute-Marie, Vinze, Hans Georg, Ursula, Berti. Hans Georg in der hellen Jacke mit den großen Karos und mit seinem neuen Hut. Der Professor will sich sofort über den Liegenden beugen, hat schon das Stethoskop gezückt, aber Robert lässt das nicht zu. Robert beugt sich zum Liegenden hinab und bringt es erstaunlicherweise fertig, Augustus hochzuheben und ihn aufs Bett zu legen. Augustus liegt mit geschlossenen Augen. Alle stehen still da. Alle erwarten irgendetwas. Augustus sagt:

Ute-Marie, Nachtschwester, komm. Gerda, Tagschwester, sei so gut.

Beide gehen ans Bett. Ute-Marie an die rechte, Gerda an die linke Seite. Gleichzeitig tritt Hans Georg ans Fußende des Bettes. Er führt Ursula zu Gerda hin und Berti zu Ute-Marie. Augustus greift, ohne die Augen zu öffnen, nach Gerdas und Ute-Maries Händen und führt sie zusammen. Dann umfasst er die zwei Hände mit seinen Händen. Das Gleiche tut Hans Georg mit Ursulas und Bertis Händen. Als alles geschehen ist, sagt Robert dialektnah:

All the world's a stage.

Und Augustus sagt:

Badenweiler.

MIX
Papier aus verantwortungsvollen Quellen
FSC® C083411

Das für dieses Buch verwendete FSC®-zertifizierte Papier *Schleipen Werkdruck* liefert Cordier, Deutschland.